後宮の花シリーズⅣ

後宮の花は偽りで護る

天城智尋

JN054302

双葉文庫

目次

人物紹介
陶翠玉「とうすいぎょく」
蓮珠の妹
陶蓮珠「とうれんじゅ」
『遠慮がない・色気がない・可愛げがない』で知られる女官吏。
威公主「いこうしゅ」
威妃の異母妹

朱景「しゅけい」
榴花公主のお付き
榴花公主「りゅうかこうしゅ」
翔央の正妃候補。
郭翔央「かくしょうおう」
政治が解らない無能だから武官になったと噂される新皇帝の弟。

序章

夕暮れが街を朱に染めてゆく。夜が来てしまう。今夜は、どこで寝よう。朱景《しゅけい》は、崩れかけた外壁にもたれ、そんなことを考えた。

華国《かこく》の都である永夏《えいか》は、大陸南端の大都市で、北の方と違って凍え死にする者はないと聞いた。

それでも冬はきっと寒い。温かい場所が温かいほどに、寒い場所の寒さは増す。陽のあたらない街の陰には、暗い顔をした人がぽつりぽつりと見えた。

春、華国は新たな王を迎えた。先王の子は、政治的に価値のない公主を除き、皆政争の中で命を失い、王族でも傍系の男子を王に据えた。先王から遠ざけられていた人で、政争を免れて生きていた。

新王も先王を嫌っていた。だから人々は、先王の負の遺産とも言える政治腐敗が一新され、この国に新たな光を迎えたと思っていた。

だが、新王は本当に先王が嫌いだったらしい。先王に仕えた臣下をことごとく排除した。その人物の家柄、実績、政治上の信条……あらゆるものを無視して、だ。先王の時代に政治腐敗の中で、なんとか王朝を支えた家も例外ではなかった。朱景の家もそのひとつだった。

長く、とても長く華国王家に仕えてきた家だった。国の守護たる鳳凰《ほうおう》を家の旗に掲げることを許されていたくらいに、王家に近しい家。根気よく先王を諫め、それでも潰されることがなかったほどに王家からも一目置かれていた。この家の五人の姉の後に生まれた男子として、朱景はとても大事にされて育った。

「王は、政《まつりごと》をなんとお心得か……。これでは、我が国が瓦解する！」

憤りと嘆きとともに王城へ向かった父は、物言わぬ首となって帰り、朱景の家は突如終わりを告げた。

「男子は何処か？」

衛兵が剣を手に屋敷内を探し回っていた。

「おりません。……私たち六人姉妹ですもの」

姉たちに着せられた煌《きら》びやかな衣装には、ところどころにお金に換えられる装飾品が付けられていた。

「……行きなさい、朱景。お前は、我が家の中でも特別に利発な子だから、一人でも大丈夫よね？」

姉たちが一人ずつ、頭を撫でて、口々にそんなことを言った。

生まれてから常に誰かがそばにいた。父、母、姉たち。急に、これからは一人だと言われて、納得などできなかった。でも、理解はしていた。

「いいえ、姉上。……朱景は、いずれまたお会いしとうございます。これは、しばしの別れにて」

「そうね、また会いましょう、朱景。……まず相《そう》の都を目指しなさい。皇城には黎明《れいめい》叔母様がいるはず。お会いして、庇護を求めるのです」

姉たちと別れて三日。朱景はまだ都を出ることさえできていなかった。人目を避けて広すぎる都の端までたどり着くだけで、それほどかかった。いくら利発であっても、十歳の朱景に隣国への道程は遠すぎた。

「相へ行くなら船が一番早いって話だけど、出国入国の玄関は一番監視が厳しいからなあ」

王家近臣の家の子どもとして、ほんの小さなころから政治を叩きこまれてきた。楽観的にはなれない。八方塞がりの現状を正しく理解できてしまい、ため息ばかり出る。

もたれた外壁をずるずると滑り、路上に身を横たえる。空腹もあり、動く気力はもうない。盛大に吐き出したため息の分だけ息を吸った。

「あれ……？」

もう一度、息を吸ってみる。かすかに甘い香りが鼻腔を抜けた。

「これは、花じゃない」

果実の香りだ。そう思ったとたん朱景の身体は力を取り戻し、立ち上がっていた。顔を方々に向けては鼻をひくつかせる。匂いは、壁の向こう側から漂ってきていた。

よくよく見れば、背を預けていた壁は、それなりに大きなお屋敷の外壁のようだった。庭木に実がなっているのだろうか。

「実を放っておいているんだ、ここも主の居ない家なのかな？」

自分の生家がそうであるように、この家も新王によって主を失ったのかもしれない。

「どこかに……穴とか……」

崩れかけた壁に沿って進むと、子ども一人ぎりぎり通れる程度の隙間が崩れかけた壁と壁の間に空いていた。

もし、ちゃんと主の居る家で、忍び込んでいるのが見つかってしまったらどうしようか。そんなことがチラッと頭をよぎったが、果実の甘い香りのほうが勝った。

匂いに誘われて、朱景は庭の木々を分けて進んだ。

そして、木々を抜けた場所で足を止めた。

「……は？　なんだこれ？」

昇りはじめた月の明かりに、その庭の姿が見えてきた。

土の上、桃が半分だけ埋まっている。周囲に桃の木はない。どこからか落ちて埋まったというわけではなさそうだ。

「なんてもったいない……捨てるにしたってもっと……」

腹が減って幻でも見ているのかと思った。だが、腕を伸ばしてみると、ちゃんと桃の産毛が手に触れる。

掘り起こして、やわらかな実に歯を立ててみる。甘い汁が口いっぱいに広がった。

まだ腐っていない。あり得ぬところに桃が落ちていたのだ、これはきっと自分を哀れんだ鳳凰《ほうおう》が天より落としていったものなのではないか、そう思った。

感謝とともに天を仰いだ朱景の背が突如蹴り飛ばされた。

「なんてことするの！　食べるのを我慢して取っておいたのよ！」

振り返ると、ほぼ同じぐらいの年頃の女の子が立っていた。

月明かりの下、彼女は怒りに眉を上げていた。

「植えたら来年には、木にたくさんの実がなるはずだったのに！」

嘆きに重なるように、腹の虫が音を立てた。二人同時に自分の腹に手をやる。身に覚えがあるのはお互い様のようだ。

「あの……種が残っていれば、大丈夫では？」

朱景は、食べかけの桃を差し出して、中央の硬い種の部分を示した。

「…………え？　そうなの？」

少女は、朱景の手元の桃を見つめ、首を傾げた。

それが、のちに朱景の主となる少女と初めて会った時に交わした言葉だった。

この時、十二歳の少女は、十歳の朱景と同じくらいの背丈で、埋もれるように年相応に仕立てられた公主の衣装を着ていた。それは、朱景の姉たちが着ていたような襦裙だった。月明かりを撥ね返す煌びやかな最上級の絹。朱景は、王家に仕える家に生まれた者として、赤子のころから王族というのを見てきている。だからこそ、わかってしまった。彼女が貴人であることが。

ここは、ただの金持ちの家ではない。きっと警備がいる。通報される。捕まれば、父のように処刑される。いや、家から逃げてきた分だけ罪は重く、ただの処刑では済まされないかもしれない。見せしめとか都の人々の目に晒される屈辱を味わうことになるとか、そんな言葉は理解できていない年齢でも、とても怖いことになるという予感だけはあった。

震えだした朱景に、少女が小さな声で言った。

「これからは、あるだけの桃を食べられるわ。いいことを教えてくれたから、お前がこの屋敷の庭にいたことは見なかったことにしてあげる。……誰かに見られないうちに、早く家に帰りなさい」

彼女は、そう言って、朱景の手から食べかけの桃を取ると、背を向けた。その場に朱景がいたことさえも見なかったことにしようとしてくれている。

「家は……もう……ありません。どこにも行くあてもないんです。……だから……僕にできることならなんでもしますから、ここに置いてください！」

とにかく訴えた。目の前の少女に縋《すが》るよりない、そう思ったから。

「……そう。じゃあ、ここにいればいいわ。空いている部屋ならたくさんあるから」

「え？　いいんですか……？」

言われた朱景が聞き返すほど、あっさりと彼女は朱景を受け入れた。

「こんな場所に居たくないと言われることはあっても、居たいなんて言われたことがないもの。好きなだけ居ていいわ。そうね、一緒に実のなる木を育てましょう。まず、それを手伝ってちょうだい」

「はい！　……えっと……」

「新王のお情けで生かされている名ばかりの先王公主よ」

新王は先王を嫌っていた。先王の遺したものをことごとく廃した。だが、先王からも見放された、政治的に価値のない公主が一人生きていた。

「榴花《りゅうか》公主様……」

目の前の少女こそ、今となっては、先王のただ一人の遺児となった榴花公主だった。

第一章　紅華、白に重なる

大陸西部の大国、相国《そう》の都を栄秋《えいしゅう》という。

国土のほとんどを高地と山岳地帯が占めるこの国の東南部、虎児川《こじせん》の河口付近にある小規模の平地に造られた街である。国の都を置くには手狭な土地だったが、その昔、この大陸のほとんどを支配していた高《こう》大帝国の一州都として造られた街から発展した歴史ある街だ。

この栄秋の南門から北へと伸びる大路の先に、相国の中枢たる都城・白奉城《はくほうじょう》が置かれている。この城は官吏たちが行きかう官庁舎が立ち並ぶ宮城区画と、その奥、相国皇帝とその家族が暮らす皇城区画とに分かれている。

この皇城の中心である金烏宮《きんうきゅう》には、相国第七代皇帝である郭叡明《かくえいめい》が暮らしていた。まだ年若いこの皇帝には、異母兄弟とは別に、双子の弟がいる。名を郭翔央《しょうおう》。皇城内に白鷺《はくろ》宮《きゅう》を賜っているため、皇族としては宮の名を冠して呼ばれていた。

「白鷺宮様！　何事にございますか？」

金烏宮を取り仕切る宦官が、足早に進む翔央を必死に追いかけて問う。

「叡明に話があるだけだ、退がれ」

「何を仰います！　金烏宮は主上の居所。そこへ鎧帯剣でお入りになるとは、どのようなおつもりか？」

言われて翔央は自分の衣服を見下ろした。

「……着替えるのを忘れただけだ。他意はない」

「他意があってたまりますか！　殿前司《でんぜんし》（近衛兵）といえど、このような奥まで主上の許しなく入れるものではございませぬ。いかに皇族の身分をお持ちであろうとも、相応の衣服に改めて出直していただきたい」

「……白染《はくせん》は昔から俺に厳しすぎる」

翔央が眉を寄せたところに、同じ顔をした学者姿の男が廊下の向こうから歩いてきた。傍らの宦官が慌ててその場に跪礼する。

だが、翔央はちょうどよかったとばかりに、同じ顔を睨みつけた。

「叡明、ちょっと話がある。顔を貸せ」

「同じ顔していて何を言うやら。……鎧を着ているのに立ったままってことは、白鷺宮として話に来たのか？　翔央は本当に無茶をする。まあ、いい。本当に少しであるなら」

応じた叡明は、少し考えてから、すぐ近くの扉を指さした。

「立ち話なら書庫で充分だな。……冬来は、扉の前に」

叡明が傍らの小柄な従者に声を掛けた。皇帝警護官として常に皇帝の近くにいるのに、翔央はいつも叡明がその名を口にするまでその存在を意識することができない。気配を消すことに関しては、生涯この人に勝てることはないだろうと諦めている。

「御意」

応じて頭を下げた冬来がわずかに視線を上げる。鋭い光を宿した黒曜石の瞳が、翔央の目を覗き込む。

「……話をするだけですよ、義姉上」

問われたわけでもないのに、そう口にしてしまうのは、武人としての技量の差からくる畏れによるものだと翔央は思っている。

「しかし、主上……、白鷺宮様のなさりようは目に余ります。これを許しては、百官に示しがつきませぬ」

翔央の背後で跪礼していた宦官が訴える。

「いらぬ心配だ。誰もつかなくていい。いつもの兄弟喧嘩だ」

古来より、その『兄弟喧嘩』で国が滅んだり、分断されたりしてきたのだ。皇族の兄弟喧嘩を市井のそれと同列に見る者などない。

そんなことは、いまだに歴史学者の肩書を捨てない皇帝本人がわかっていることだろうに、宦官は複雑な顔をして、渋々上げていた顔を下げた。

それを了承と受け取り、叡明が先ほど指さした扉を自ら開けて、翔央を招き入れる。

「で？　なんの話？」

叡明も翔央と二人になれば、幼い頃から変わらない気安い口調で話す。

「李洸《りこう》から聞いた。俺と蓮珠《れんじゅ》の婚姻証明書を勅命で取り上げたそうだな？」

そう口にしたとたん怒りが臓腑の底から火を噴き上げ、やはり鎧帯剣は良くなかったかもしれないという気になってきた。

だが、叡明のほうは、そんな火など気づきもしない涼しい顔で返す。

「李洸がそう言った物騒な表現を使ったとは思えないけど、まあ、そのとおりだね。皇族が、皇帝の許可なく、婚姻関係を結ぶことは、我が国では禁じられている。僕は君と彼女の婚姻を許していない。身代わりであることが露見した際に皇族の身分である必要があったとしても、一時的なことだ。長く保管しておく意味はないよね？」

いつだって叡明は理路整然としている。たとえ今ここで手にした剣を突きつけて同じことを問うても、同じような口調で返すだろう。

だが、翔央としては、そんな最初からわかりきっている話なんぞで、引くわけにはいかない。

「たしかに最初は一時的だった。……だが、この半年間を振り返ってみろ。けっきょく、何度も彼女に身代わりをさせている。今後もそれは必要になるはずだ」

まずは、外堀を埋める話からする。公的な理由であり、これは正しい主張であると自負している。だが、頭が良すぎる叡明のことだ、理屈には理屈で封じ込んできて、それで終わってしまうだろう。

だから、そのうえで、私的な理由もちゃんと口にしなくてはならない。ありていに言えば、情に訴えるというやつだ。

「……それに……。あれは、俺にとって必要なものだ。蓮珠との、か細くも確かにある縁を証明するものだから、返してくれ」

しばし睨み合ったまま沈黙が続いた。先にため息とともに視線を逸らしたのは、叡明のほうだった。

「悪いけど、もうないよ。最初から保管するつもりがなかったんだから、そのまま持っているわけないだろう？　……彼女の目の前で破いて捨てた。この先、あれを頼れないことを彼女も知っておくべきだからね」

「叡明！」

翔央の咎める声に、叡明が瞑目して首を振った。

「冷静になりなよ、翔央。……母上が亡くなった時、僕らは誓ったはずだろう？　父上のように『私情で国政を乱さない』と。忘れたの？」

忘れたことなどない。そのことを示すように、翔央は改めて叡明を睨み据えた。

それを誓った時、二人は十歳になったばかりだった。

「玉座を人任せにして駆け落ちしたやつがよく言えるな」

翔央の批判などどこ吹く風で、叡明は器用に片方の口角だけ上げて見せる。

「あの件の私情なんて五割以下だよ。……そもそも、英芳《えいほう》兄上が威から妃を迎えて、帝位に就いていたならどうなっていた？　あの人は、威の女性には早々に消えてもらおうと考えるだろう。それでは、せっかく成った和平が台無しだ」

こういう歴史があったかもしれない……と、その手の話をさせれば、淀みなくすらすらと話し続ける男である。行部《ぎょうぶ》の語りたがりの官吏のことをどうこう言えた話ではないと思う。さらに腹立たしいことに、語りだした叡明は、普段朝堂で百官を見ている冷たい目でなく、この上なく楽し気に目を輝かせているのだ。

「次にあのまま都で威妃が来るのを待っていたらどうなった？　都に到着するまでの間に相国内で害されて、威側に結んだばかりの同盟を破棄されていただろうね」

相国内で威妃の身に何かあれば、威との同盟関係が失われる。それは当時の翔央も考えたことだった。だからこそ、威妃の身代わりとなった蓮珠の身にもかなり神経を使った。

もっとも、それ以上に本人が厄介ごとに首を突っ込んでいく性質《たち》なので、危険を完全に遠ざけられたとは言い難い状況になってしまったわけだが。

「同盟破棄、つまりは再び威との戦争状態に戻るってことだな」

国家間の同盟の基本は、軍事同盟だ。お互いに攻めない。その上に、貿易上のつながりや文化的な交流がある。したがって、同盟の破綻は、そのまま軍事衝突に繋がる場合がほとんどだ。

「武官の身で言うべきことではないが、再び威を相手にするのは……願い下げだ」

武官である翔央は、自国の軍事力だけでなく、他国の軍事力も一応把握している。質のいい軍馬を多く所有し、機動力を生かした小隊単位での遊撃戦を繰り返して、戦線を多方面から崩してくるのが威の得意とする戦い方だ。大軍を動かす相とは相性が悪い。

「そういうことだね。今の相に再び威と戦争をするような国力はない。僕はなんとしても、彼女を都に連れてくる必要があった。その場その場で敵を見定めて、出し抜いて、都にたどり着くには、僕じゃなきゃ駄目だったんだ。実際、僕が彼女と会った時、威から着てきた婚礼衣装は血に染まっていたよ。相国側の案内役に思うところがあったみたいで、お互い剣を手に取る羽目になったそうだ」

冷静に言うが、実に叡明が懸念していた状況になっていたというわけだ。

「……義姉上が人並外れてお強くて良かった。だが、そういうことならますます身代わりをさせる蓮珠の身を護るものが必要ではないか？」

翔央は、兄が逸らした話を元に戻した。叡明の目元がほんの少し動く。『ごまかされなかったか』と言っている気がして、ムッとする。あげく、それさえも伝わったようで、叡明の口元が小さく笑みを作る。こういう時、双子というのは実に面倒だ。言葉なしの対話というのがなんとなく成立してしまうことが多い。だが、残念なことに相手の考えがわかることと、同意見であることとは別の話である。翔央と叡明の場合は、特にその傾向が強く、昔から意見は対立することが多い。そういう意味では、いつもの兄弟喧嘩というのも、あながち間違った表現ではない。

「これは陶蓮のためでもあるんだよ、翔央。……陶蓮は、行部の官吏としてよくやっている。皇族《われわれ》の事情で有能な官吏を失うわけにもいくまい。彼女をこちら側の案件で働かせすぎた。官吏としての目立った実績がない。このままでは、せっかく従三品《じゅうさんひん》になっても、また下級官吏のころと変わらず、官位を上がることはできないだろう。この国のために人一倍働いているが、官吏としての彼女ではないことに時間の多くを割いているからね」

意外だった。この叡明が『○○のため』という言葉を使うことがあるとは。ましてや、蓮珠に使うことなんて、ありえないと思っていた。

「……なに、その顔？　僕だって、彼女の官吏としての能力はそれなりに評価しているんだけど？」

　ことさら官名である『陶蓮』をくり返すあたり、まったくのウソではないようだが……。

「そう思えなかったから、こんな顔になっているんだ。……てっきり、叡明は蓮珠を気に入らないから遠ざけたがっているのかと思っていた」

「君って、彼女が絡むと異様に頭が回るか全然回らなくなるかの二択だよね。……気に入る、気に入らないで、この僕が動くとでも？」

　たしかに、そのとおりだ。叡明にかぎってそれはなかった。

「理屈だっていうなら、それもおかしいだろ。……もしや、俺の知らぬ間に蓮珠以外の義姉上の代わりをさせられる者でも育成していたのか？」

　翔央が問うと、叡明が鼻で笑った。これは双子でなくともわかる。どう見ても小馬鹿にされている。

「理屈で言うなら、威国語ができてある程度の教養とそれなりに信頼できる人物であれば、陶蓮である必要はない。前回の件で一時的な身代わりならば、飛燕宮《ひえんきゅう》妃にもできることは証明された。皇后と宮妃が並ぶ場であれば、威公主に姉の代わりをしていただくことだって可能ではないか？　三人が並ばねばならない場なんてほぼないからね」

　つまり飛燕宮妃に身代わりをさせたのは、一種の実験だったということか。相変わらずこの兄は、自分には見えていないはるか先を見据えているようだ。

「それは……身代わりでなくなった彼女に近づくなということも含んでいるのか？」

「自然とそうなるんじゃない？　武官の君と文官の彼女との間の接点は多くない。……だいたいさ、政《まつりごと》に近しい者が一人の人間に過度の執着を示すことは国を傾ける。そんなのは、歴史学者でなくとも、たいていの者が知っている話だ」

それは、結局のところ近づくなと言っているのと変わらないではないか。翔央は、いつの間にか握りしめていたこぶしを近くの石壁に押しつけた。

「俺は政から遠い……ただの武官だ」

叡明が翔央を見つめ返す。静かに細められたその目は憐れんでいるようでもあった。

「自覚したくなくても、してもらうよ。……翔央、君は今、この国でもっとも玉座に近い者だ。そのことを忘れてはいけない」

兄は時々自分をこんな風に見る。玉座から見下ろされているというより、むしろ見上げられている気がしてくる。自分を高いところに置き去りにして、遠くから見ているような。だからだろうか、叡明の声がいつもより遠いように思える。生まれた時から一緒にいるのに、こういう時の彼にはひどく距離を感じてしまう。

「証書の件はこれでおしまいにしよう」

話してお互いが納得する結論に至るようなものではない。そう判断したのだろう。叡明は扉の方へと歩き出す。翔央もまた部屋を出ようとしたところで、叡明が振り返った。

「ああ、そうだ、もう一つ言っておくよ。……彼女には、ずっと前からとても大切な役目が与えられている。それが終わらない限り、彼女は自身の自由を得られない」

扉を開きかけているからだろうか。叡明は名前を口にしなかった。でも、それが誰のことなのかはわかる。蓮珠だ。

「大切な役目？」

翔央は眉を寄せた。自分の知らない話だった。叡明の命令によるものだろうか。蓮珠は皇帝直属の部署である行部所属の官吏である。叡明の命令で動くことぐらいあるだろう。だが、そんなことをわざわざ叡明が口にするとも思えない。つまり、その役目とやらは、叡明によって与えられたものではないということになる。

首を傾げる翔央に、叡明がかすかに笑む。

「彼女にだって君に話せないことはある。……くれぐれも陶蓮の邪魔をしないようにね」

釘を刺されて気づく。今のは、自分が知っているのかを試されたのだと。

「……わざわざ俺が聞いていないことを、遠回しに確認するほどの話かよ？」

ため息が出る。いったい今度は、どんな厄介ごとに首を突っ込んでいるのだろうか。

「まあ、だから……放っておけないんだよ」

これこそ理屈ではないのだから、自分にもどうしようもない。

双子だから、生まれた時から一緒にいる。でも、別の身体に生を受けたのだから、それは別の人間だ。であれば、誰を大事に思って生きていくのかが違っても仕方ない。

自分たちは最初から似てなどいなかったんだ。そんなことに今更気づく。

前を歩く兄の背を見つめ、不安がよぎる。自分こそ、似ていないと気づいてしまった兄の身代わりが務まるのだろうか、と。

そんな思いを見透かすように、叡明がそれを口にした。

「僕のほうも君に話があったんだ。……しばらく朝議の玉座を任せたい」

「急だな。なにがあった？」

眉を寄せた翔央に、叡明がため息交じりに応じた。

「東部の状況が良くないようだ」

「東部？　……ああ、英芳兄上のところか？」

納得してから、納得していいのかという疑問が生じたが、叡明まで『それがすべてだ』という顔をする。

「これはいわゆる身内の不始末だ、春節前の忙しい時期に他の者の手を煩わせたくないから、自分で見てくる」

叡明は手に持っていた地図を示した。

「あの人は高大民族以外を軽く見るところがある。相国東部と中央地域を隔てる山岳地帯は、山の民の根城だ。扱いを間違えると良くないことになる」

叡明は具体的に地図上の一点を指さす。

「相国東部の街道は水上輸送に慣れていない威の商隊がよく使う。相国内での威の商人の安全は相国側に責任がある。今のところ聞いているのは荷を奪われているだけだが、死者が出れば、地域の話でなく国の問題に発展する」

東部地域は中央から禁軍も派遣されている重要地域だが、叡明が指さしたあたりはちょうど東方守護隊と北方守護隊の中間地点で、どちらも自分の管轄ではないと軍行動が消極的になる場所だった。

翔央の武官としての直感がここは放置してはいけないと告げている。

「地方官の報告は?」

「中央に近い地方から改革を進めてきたために、まだ国境に近いあたりは派閥が絡んだ行政官が占めていて、上がってくる報告は『なにごともなく治めています』というごますりばかりだ。これは、直接見に行くよりない」

言いながら叡明は地図をたたむと扉の前に控えていた冬来に手渡した。

「……で、ついでに、どの史跡を見てくるって？」

「あのあたりだと古星堂がございますね。高大帝国成立前の時代に星見が行なわれていたという」

答えたのは、冬来だった。移動手段である馬を操るのは彼女の仕事である。どこをどう回るのか、旅程詳細をしっかり把握しているようだ。

「史跡旅行のついでに視察かよ」

呆れる翔央に、叡明が訂正を口にする。

「逆だ。あくまで視察のついでに史跡をちょっと見てくるだけだ。春節が近いから皇帝主導の儀礼はいくつかあるけど、型通りのものだけだから大丈夫。よろしくね」

ついでのことのように玉座を押し付けるその顔は、すでに史跡巡りに向けられていて、心ここにあらずと言った状態だ。

「おまえな……、俺にだって武官として率いている小隊があるんだぞ。こう短期間に何度も抜けるのは……」

文句の一つも言いたくなる。そう思って言ったことだったが、叡明はしっかりこちらを向いて釘をさしてきた。

「翔央。君は武官である前に僕の……相国現皇帝の弟であり、しかも皇位継承一位だ。皇城での仕事のほうを優先してくれないと困る」

「困るって言われても……」

それ以上の言葉が出てこない翔央を追いつめるように、叡明の目が鋭く細くなる。

「君には皇族として都でやらねばならない仕事もある。中途半端になるようなら、そろそろ一本に集中してもらいたい」

どれに集中するのかという選択肢は、最初から与えられていないようだ。

「今後についての打ち合わせは李洸《りこう》としておいて。僕は出発の最終準備をする。春節までに帰れるようになるべく早く出ないとね」

話を切り上げて、叡明が去っていった。


相国の宮城は皇帝の住居のある皇城の南側にあり、官庁舎や公文書庫など多数の建物群で構成されている。この宮城と皇城とを繋ぐ門を入ってすぐのところにある広場が、朝廷の場となっている。広場と言っても全体に手狭なこの城では、官の上から下までが皇帝に拝謁《はいえつ》賜る広さはない。

それでも、朝一番目に行なわれる朝議は、各部署の長官が上奏文を携え、皇帝の召見《しょうけん》を待つ。朝堂として使われている奉極殿《ほうきょくでん》前の広場で列をなし、皇帝は朝堂内の最奥に座して、上奏を受けるという形式をとっている。長官の位はほぼ上級官吏が占めているが、部署によってはそもそも小規模で中級官吏が長を務めている場合もあり、朝議の中でも一番多く官吏が集まる。

これに続く規模の朝議は、奉極殿内で行なわれるもので、ここに入れるのは、紫衣をまとった上級官吏のみとなっている。例外は、後宮警護隊を率いて、皇帝の警護を務める女性武官の冬来だけであるが、この方はこの方で、実のところ皇帝に次ぐ地位にある皇后のもう一つの顔なので、朝堂に入る資格がそもそもある。

現在の相には、上級官吏が約二百人いる。そのすべてが常時朝議に出席するわけではないが、朝堂内は皇帝の通る中央を空けて、だいたい半数ずつ左右に分かれ、横五人を一列として、位の高い者から低い者という順で並んでいる。

つまり、最後尾、奉極殿の扉に一番近い場所で跪礼している蓮珠は、この場に集う官吏の中においては、下っ端ということだ。

下っ端には、発言権などなく、皇帝の入場から退場まで跪礼の姿勢を保ち、前列のほうから聞こえてくる話に耳を傾けて、朝議の今を知るだけである。

その朝議の今は、春節が近づき、次の年の勢力争いの様相を呈していた。

この半年ちょっとの間で朝議の勢力地図はだいぶ書き換わっている。二大勢力であった呉《ご》家と余《よ》家が一番早く表舞台から消え、間もなく官吏の進退に大きな影響力を持っていた司《し》馬《ば》氏までもいなくなった。

それに乗じて台頭してきた新興の范《はん》家は、家長の弟が他国に通じるという愚を犯した。それ自体は表沙汰にならなかったが、国の長である皇帝がそれを知っているのだから、范家の命運は他家の覇権を手堅く抑える程度の使い勝手のいい家になる。范家から後宮に入った妃嬪も失われた今となっては、それでもかなりの恩情である。

そうした流れにあって、現状の覇権争いは複数の家の集合同士のぶつかり合いとなっている。具体的には、外交の柱を南の華国に置く親華派《しんかは》と、北の威国に置く親威派《しんいは》の対決となっている。

相国の財政は、現状、貿易で成り立っている。

大陸の地図は、昏迷を深める中央地域と東西南北にある大国を中心として、その周辺をいくつかの小国で埋められている。大陸の東西と南北には、直接国交がない。そのため、威と華の商人は相を通じてそれぞれの国の物産を手に入れていた。当然、相の生産物だって一緒に売れる。交易は相に莫大な財をもたらし、同時に戦争終結を早めた。

「……交易は我が国の大事な産業。文化一級国である華国を蔑ろにすれば、貿易が立ち行かなくなり、国の財政が傾くというもの」

「お笑い草だな。この冬の栄秋の街をご覧になっていないようだ。誰もが威国から入った毛織物に身を包んでいた。あれは防寒具としての機能性と革の配色による芸術性を両立していたすばらしいものだった。かの国も我が国との国交を持ったことで文化的飛躍を遂げたらしい」

後半さらっと相国の手柄にしている気がする。

「なにをいうか華国に学んだ日々があったからこその芸術性ではないか？」

それでいくと、我が国はただの踏み台か。自分たちの派閥が推す国を持ち上げ、自国は蔑《ないがし》ろにしていい。そういう認識でいいのだろうか、この二人は……。

蓮珠は朝堂の後方で跪礼しながら呆れていた。それは、すぐ隣で跪礼している黎令《れいりょう》も同じようだ。無表情で床を睨む横顔がかえって怖い。

そして、もっと怖い人は最前列にいる。

「……下らぬ話は終わったか？」

朝堂の最奥、数段高い場所に置かれた玉座から、吹雪の冷たさを持つ貴い声が吹き降ろされた。

「主上……」

前列のほうで朗々と話していた者が急に弱々しい呟きに変わる。主上の勘気を窺うように幾人かが顔を上げる。

その中の一人に蓮珠もいた。

「……なんで？」

似ている、でも、翔央であるはずがない。春節も近いこの時期に、主上が玉座を離れるなんて。それでも、蓮珠にはわかる。わかってしまうのだ。彼の声は、理屈より感情が勝る。これは翔央の声だ……。なぜかはわからないが、今あの玉座から官吏を見下ろしているのは、叡明でなく翔央である。

そこまで思って、蓮珠は唇を噛む。痛みで、身体の奥底からこみ上げてくる動揺を抑えこまねばならなかった。

「勘違いするな。国の政というのは、金回りを良くすればそれでいいわけではない。国を……国民を護るという、我々が天から授けられた義務は、そんな単純なことではない」

相の今上帝は、けっして冷酷な人柄ではない。ただ、歴史学者でもある彼は、理屈の人なので、無駄を嫌う傾向がある。そんな今上帝の身代わりとして、翔央も無駄に抑揚のない平坦な声で続ける。

「そんな相国そのものより交易による利権を愛するお前たちに朗報だ。……李洸、告げてやれ」

この朝議の本題は、どうやらこれより李洸の告げる内容にあったようだ。

「御意」

皇帝よりも一段下にいた相国三丞相《じょうしょう》の筆頭である李洸が、朝堂に集った官吏たちを見下ろした。なにごとかと後方の官吏たちも顔を自然と上げる。それは、蓮珠も同じだった。いったん下げた頭を再びひょこりと上げて玉座のほうを仰いだ。

「……東方守備隊より報告が参りました。東部国境にて中央の辺境部族《へんきょうぶぞく》の活動が激しくなっているとのことです。すでにいくつかの商隊が襲われ、東方守備隊にて保護したとのことです」

「馬鹿な。雪が残るこの時期に山の民が出てきただと？」

元軍師の張折《ちょうせつ》の言葉に兵部関連の官吏たちがざわつく。

「落ち着いてください。……今のところ被害は交易品のみ。人命は守れています」

李洸の声は落ち着いていた。すぐに他の湘軍《しょうぐん》（地方軍）を向かわせねばならないほどの事態にはなっていないようだ。蓮珠も上げていた顔を上司から朝堂の前方に向ける。

「ですが、張折殿の仰るとおり、この時期に辺境部族が出てくることはあまりありません。すでに調査のため、人を派遣いたしました」

相国は国土のほとんどを山岳地帯と高地が占めている。国の中央を貫く虎峯《こほう》山脈とは別に中央地域へつながる国の東側にもいくつかの高い山がある。そこは、かつて大陸のほとんどを支配していた高大帝国《こうだいていこく》から見た『辺境』であり、その山に住む人々は辺境部族と呼ばれている。相のほうが中央地域から遠いのでおかしな理屈だが、今も公文書上ではその呼び方が使われている。だが、辺境という言葉が持つ帝国時代思想を良しとしない考えもあり、公文書の外では『山の民』と呼ぶことのほうが多い。

「これも張折殿が口にされたことですが、春節間近とはいえ、まだ山には雪が残っています。今すぐに大きく動くことはないでしょう。年が明け次第、こちらも人員増で対応することとします」

李洸が話を区切ったところで、異例中の異例ではあるが主上が朝議の最中に玉座から腰を上げた。

「我が国は建国から先代末期に至るまで、ほとんどの時間と人と金を戦争に費やしてきた。この場には戦場に出たことがある者も少なくないだろう。……先ほどは下らぬ話と止めはしたが、羅靖《らせい》の言葉にも胸に刻むべきものがあった。『交易は我が国の大事な産業』というものだ。約五十年前には南の華と、五年前には北の威との戦いにも幕を下ろした。この国の民はようやく今日明日を生きることではなく、もっと先を見据えて生きることを知った。安全な交易路の確保は、国政を預かる余に、そして、この朝堂にいるお前たちに民から託された義務である」

誰が号令をかけたわけでもないのに、朝堂に集った官吏全員が姿勢を正し、再び跪礼をする。相国は大陸中を見渡しても他にないほどの官僚主義国家と言われている。だが、同時に、皇帝を戴く国でもあるのだ。そして、皇帝とは、上に立つために生まれてきた人なのである。

それにしても、先ほどの朝堂の末席にまで届くような声はなんなんだろうか。常のようなぼそぼそと抑揚なく話すものとは違っていた。馬上から号令をかけるような、よく通る大音声。翔央の声そのものではないか。これではバレてしまうのでは？

周囲とは違う意味で玉座からの声にビクビクしてしまう。

「李洸。念のため、氷雪を避けて閉じていた西河《さいが》の航路を、例年より早く使えるよう手配を。最悪街道を潰されても都の物流に支障がないように対策を取っておけ」

ありがたいことに、主上の官吏全体に向けた言葉は終わったようで、いつものぼそぼそとした声で李洸に指示を出す。

「御意。それでは、その件は各地方官にも至急通達を出すようにいたします」

李洸が応じたところに、急を告げる銅鑼《どら》が鳴り、朝堂の後方の扉が開いた。

「朝議の最中に何事だ？」

李洸が咎めると、入ってきた衛兵がその場で跪礼した。

「申し上げます。都水監《とすいかん》が主上に火急の御目通りを求めております。華国よりの親書を携えておいでです！」

よく通る声が、広い朝堂の最奥にまで用件を届ける。

「……ここに通せ。余が許す」

「御意」

主上の声に足を止めていた殿前司が身を翻して都水監を招き入れるわずかな間に、主上がその場の官吏たちに聞こえる声で一人呟く。

「この春節直前の時期に親書か。……しかも、都水監に持たせるとは。あまりいい話ではなさそうだな」

なぜだろう。皮肉を口にするとき、この双子は一番よく似て見える。

足音が一人分、朝堂の中央にあけられた道を進み、蓮珠の少し前で止まる。

「拝謁のご恩情を賜り、誠に恐悦至極に存じます」

その場に跪礼し、玉座に向けて首を垂れた人物の声はしゃがれていた。

都水監は、河川、堤防、用水の計画・運用を指揮することを職掌としている。国土のほとんどを高地と山岳地帯が占める相国では陸路での物流に難があり、河川や運河を用いた水運に頼っている。そのため、官位としては中級官吏になるが、その権限は絶大である。上級官吏の末席にある蓮珠より、発言権が大きい。むしろ、その影響力の大きさゆえに、官位としては中級官吏の範囲にとどめて、権力の集中を避けたともいえる。

河川からすれば、人間の作った国の境目など知ったことではない。なので、国境をまたぐ河川も当然ある。よって水利事業では、国家間調整がどうしても必要だ。その役割を負う都水監は隣国にも顔や名前を知られている存在となる。場合によっては、とても密接な関係を築いていることもあった。

「……顔を上げよ。久しいな燕烈《えんれつ》。都水監のお前が何故に華王のおつかいをしている？」

燕烈。都水監の名を耳にして、蓮珠は思わず顔を上げる。赤の官服を着た人物が跪礼の姿勢から頭を上げた。

「こ、これは手厳しい。都の水運を護るのが都水監たる小官の役目にございますれば、水繋がるところより上がってくるものも小官の元に集まりますので」

その後ろ姿では、蓮珠が知る人物と同一であるかはわからなかった。

確かめたい、そう思って首をのばしてみる。一方で、同一人物だとしたら、自分はどうすればいいのか……。

その不審な動きに隣の黎令が、肘で小突いてくる。

「陶蓮《とうれん》、なにしてんだ？」

「その……、あの都水監殿が知り合いかもしれなくて……」

「中央官吏の世界は狭い。石投げれば頼れる知人か近づきたくない敵に当たる」

黎令にしては珍しく皮肉たっぷりな言い方をする。そう思っていたら、小さく続きがついた。

「御史台《ぎょしだい》の件で張折様にそう言われた。僕がしたことは、誰かの道を正した一方で、誰かの道を塞いだ行為でもあるから、周囲の反応は二分する。どっちの反応にしろ相手の問題だから気にするなと」

なるほど、張折の言葉なら納得だ。蓮珠は上げていた顔を伏せた。

「……その顔、気まずいことがあったのだろうが、気にすることはない。どうせ陶蓮は、自分が正しいと思ったことしかしない。正しいのであれば、堂々としていればいい」

黎令なりに気遣ってくれているようだ。最初こそ、下級官吏上がりと蔑まれたし、今でもよく冷たい目で見られていたりもするが、一応同僚の距離には近づいたようだ。

「そうですね。あれは、正しかったと思うので、気にしないことにします」

落ち着いた蓮珠を黎令が鼻先で笑った。

前方では、燕烈から華王の親書を受け取った李洸が、玉座の皇帝を振り返ったが、皇帝は片手でそれを制した。

「……李洸。その場で読み上げよ」

「よろしいのですか？」

親書である。個人的な内容が含まれている可能性もあるので、李洸の確認は当然のことだった。

「かまわん。読み上げよ」

皇帝の命令となれば、丞相と言えど親書を開くよりない。

「では……」

李洸が読みかけて、再び玉座を仰いだ。いったい何が書かれているのか、その表情は緊張している。

「違えるなよ、李洸。そのまま読めばいい」

「知りませんよ、いろんな意味で」

李洸が苦々しい表情で再び手元に視線を落とす。朝堂内の官吏たちのほうは、派閥を問わず、皆どんな内容なのかと緊迫した表情をしている。

「可愛げのないほうの甥っ子へ」

李洸の言葉に、朝堂内の所々で人がむせ返る。官吏たちの視線が李洸に集中する。内容以前の問題だった。これは常に冷静沈着な李洸と言えど読みたくもなくなる。

「年が終わろうとしているけど、君はやり残したことはないかい？　あるよね？　あるだろう。僕の手紙はこれで記念すべき今年の三百通目になるはずだけど、三通くらいしか返ってきていないよ？　しかも時候の挨拶ぐらいで中身がない。まったく、本当に文人なのか疑いたくなる」

華王の親書を読み上げる李洸は、心を無にしているようだ。読む速さは内容とは無関係に一定に保たれ、言葉の抑揚も極力抑えられている。それを聞いている玉座の御方も常と変わらぬ不機嫌顔だ。

郷里がまるごと灰となり、手紙をよこす親戚がいない蓮珠にもわかる。一年で三百通は異常に多い。

「君にその気がないのはわかったけど、僕も立場ってのがあるらしくて、下々が煩《うるさ》いから、ちょっと考えようと思うんだ。この……ま……ま」

急に李洸の言葉が途切れた。

「不敬をお許しください」

早口でそう言った李洸が、読みかけの親書を玉座へと捧げる。

受け取った皇帝は隠すでもなく、李洸が言葉を詰まらせた文を続きを含めて口にした。

「……なるほど。『このまま華と相の同盟を維持するべきかどうかを』ね。華が、我が国との同盟を再考するそうだ。この場所には、我が国でも最高の頭脳を持つ者だけが集まっているはずだな。なので、この場に居るすべての者に尋ねよう。さて、どうする？」

どうする、と問われて、どう答えろというのだろう。これで親華派が勢いづくというわけでもないようだ。それは親戚派のほうも同じこと。朝堂の官吏たちは、最前列の最高位から最後列の蓮珠たちまで皆呆然としている。

「主上、真剣にお考えください。これは……、華との同盟を破棄されるかもしれないということです。つまりは……」

李洸の声が緊張している。

国家間同盟の基本は軍事同盟である。互いに進攻しないという約束が根底にある。そんなことは、外交を職掌とする礼部にいた蓮珠でなくとも、上級官吏なら誰でも知っていることだ。

でも、口に出したいわけではない。特に、この半年で主戦派は次々と政治の表舞台から消えていったため、この場に残っているのは良くも悪くも戦う気迫には欠ける人々である。

朝堂内はざわめくも、誰も口にしようとしないその言葉は、最終的に玉座の上から雷となって振り落とされた。

「華と戦争になるな」

瞬間、蓮珠の耳から朝堂のざわめきが消え失せた。

その静けさの中、一人笑いを漏らしたのは都水監だった。

「主上、華国の方々は北の方々と違い手荒な真似を好みません。……よりよい友好関係を築くべくして、この国にいらしたのです」

「燕烈、今……なんと申した？」

主上の問いかけを妨げるけたたましい音とともに朝堂の銅鑼が鳴り、開いた扉から飛び込んできたのは、国の官ではなく栄秋府の官だった。

「主上に申し上げます！　栄秋西門に華国より客人がご到着にございます」

一瞬の沈黙の後、朝堂が一気に騒がしくなった。

第二章　紅華、白を染める

　前列のほうにいる上位の官吏が煩そうに返す。

「……華の商人が来たくらいで何を焦っている？　然るべき部署に案内すればよいではないか？」

　これに困った顔で栄秋府の官がその場に跪礼する。

「……いえ、それが……商人ではなく、華王の親書を携えた使節団にございます！」

　これには朝堂で跪礼していた官吏たちの大半が驚きのあまり立ち上がった。蓮珠もまた思わず立つ。

「い、いくら華国といえども非常識ではないか。事前の確認も出さずに！」

「……いえ、華国は礼を欠いてなどおりません。私が事前に参ったのですから」

　燕烈が不敬にも玉座に向けてそう言い放った。前列のほうで憤った誰かが燕烈に掴みかかろうとするのを、玉座からの声が止める。

「常識非常識を議論する暇《いとま》はない！　……で、華の使節団とやらは何用で栄秋に来た？新年の挨拶には少々早いように思われるが？」

　主上の言に燕烈が跪く。

「使節団の方々は、白鷺宮様に輿《こし》入《い》れされる公主様を送っていらしたとのことです」

　周囲のざわめく中、蓮珠は一人言葉を飲み込んだ。声など出るはずもない。驚きは周囲と等しく大きい。

「誰が誰に輿入れだと……？」

「華国は、このたびお越しの公主様を、白鷺宮妃として迎えることを同盟維持の条件に提示していらっしゃる」

燕烈の言を聞いた皇帝がしばし沈黙する。

周囲は、弟を溺愛する主上の反応に注目していた。その中にあって、蓮珠は違うことを考えて玉座を見ていた。

相にとって華との同盟維持は必須だ。大量の金・銀、軍馬、絹、茶……そうした物品を要求されたわけではなく、人ひとりを受け入れればいい。しかも、皇妃でなく宮妃。威からの皇后を退かせよなどという無茶を言ってきたわけではない。発言権において、けっして高い地位ではない宮妃でいいという。外交担当だった礼部にいた蓮珠だからこそわかる。小国相手の同盟でなく、大国相手の同盟でこれは、罠を疑いたくなるほどの好条件だ。

今、玉座にいるのは千里眼と言われるほどに先の先を読み切る叡明ではない。同じ姿形を持っていようとも、翔央である。彼は、この同盟維持条件をどう見るか。その答えは、自身の口から宮妃を受け入れるというのだろうか。

蓮珠は朝堂の床を見た。いや、力いっぱいに睨んだ。もう顔を上げてなどいられない。

今の彼は叡明だ。彼が口にするのは、皇帝として口にすべき言葉。ならば、この好条件を退けることはないだろう。見たくない、聞きたくない、翔央がその口から、自身の宮妃を受け入れると言うのを。

だが、玉座から降りてきた声は、皮肉だった。

「なるほど。これから皇妃になっても威皇后の下にしかならないが、宮妃であれば上も下もないからか。なんて気位の高い国だ」

これには緊張していた朝堂内の所々で笑いが漏れる。蓮珠も身体の力が抜けた。まさしく、あの皇帝が言いそうなことを、弟である翔央は熟知している。

「用件はともかく、隣国の正式な使節団を追い返すというわけにもいくまい。用件の諾否如何《いかん》は後から決めるにしても、急ぎ歓迎の宴を用意せねばならない」

皇帝が唸るように言った言葉に、外交を担当する礼部や宴席を整える翰林司《かんりんし》の長が慌てているのが朝堂の末席からも見えた。

「春節の宴用に用意していたもので間に合わせろ。自国の宴がしょぼくなってもいいが、他国を招いた宴席で並ぶものがないのは恥だ。相国のものだけでなく、他国から入った食材も出し惜しむな。貿易立国の意地を見せよ」

皇帝自ら用意していたものを流用する許可を出したことで、あからさまな安堵の吐息が聞こえてきた。

「栄秋府の者よ、あとのことは国府より然るべき者を迎えに行かせる。ご苦労であった。……朝議はいったん解散とする。各自部署に戻り歓迎の準備を」

皇帝が玉座を立つ。慌てて朝堂の官吏一同その場に跪礼する。

銅鑼の音が朝堂に響く中を歩いていく足が間近で一瞬止まる。

だが、掛けられる声はなく、跪礼で下げた顔の視界の端に去っていく人の裾を見た。

いったい何を期待していたのだろう。今の翔央は皇帝としてこの場に居たのだから、どんな表情も言葉も、それは皇帝のものだ。なにもなくなった自分にかけられる声も、言葉もないだろうに。

「愚かだ……」

そう呟いたことで、蓮珠は自分の愚かさが身に染みた。

銅鑼の音が鳴り響き、皇帝、李洸が朝堂を出ていく。その後も順次前列、つまり官位の高い者から朝堂を出ていく。

「けっきょく、春節の準備が歓迎会準備に変わっただけか」

呟く黎令に蓮珠は頷くことしかできない。

「ただし、春節行事より全体に予定が前倒しになる。部署間調整がかなりきついことになるだろうな……」

黎令は立ち上がりながら続けた。

「急ぎ、張折様の後を追いましょう。業務の再配分を考えなくてはならない」

蓮珠も言って立ち上がる。黎令と朝堂を出ようと俯いていた顔を上げた時、そこにはこの場に残っている蓮珠たちよりも官位の低い者が一人だけ立っていた。

「燕烈様……」

朝堂を出ていく紫衣を見送る赤い官服の男が、蓮珠の呟きに気づく。

目が合った。かつての上司は、その頃より幾分頬の肉が落ちて鋭さが増し、幞頭《ぼくとう》から覗く髪にも白いものが目立つようになっていた。だが、間違いない。工部時代の上司にして、蓮珠の告発によって部署ぐるみの不正が露見して、都を去った人、燕烈その人だ。

「貴様、陶蓮珠か……本当に……?」

憤りを隠さぬ呟きとともに、その手が伸び、蓮珠の官服の襟をつかんだ。

下級官吏として多くの部署を渡り歩いた。円満とは言えない部署異動も何度かあった。でも、『遠慮がない、可愛げがない、色気がない』と聞こえる場所で言われたりもした。でも、間違ったことはしていない。

「やめてください!」

「……貴様がなぜここにいる？　誰に取り入って、この紫衣をまとっている？」

　何年経っても不快な声と言葉を持っている人だ。

「誰に取り入った結果であろうと、わたしが紫衣をまとって、この場に居ることに変わりはございませんよ、都水監殿。……都にお戻りになっていたのですね」

　なおも燕烈は蓮珠を睨んでいたが、襟からは手を離した。

「ふん。……つい数週間前のことよ。そういうお前はどこの部署に拾ってもらった？」

「今は、行部に」

「行部……？　はっ、なんだその部署は？　これは笑い種だ、どうでもいい場所に放り込まれたか」

　地方にいた燕烈は、新たな部署が皇帝直属のものとは知らないようだ。できた当初はいろいろ言われたが、今となっては各部署間の調整役としてきっちり機能し、あるほうが便利だとわかっているが、皇帝直属とは生意気……と周囲から空気のような存在として扱われている行部である。ごく最近中央に復帰した上に、職務のほとんどを周辺地域とのやりとりに費やすという都水監では、行部を知らないのも無理ない。

「主上のお決めになったことに、どうでもいいことなどございません」

「不愉快な女だ。……朝堂の末席にいるところをみると上級官吏とは名ばかりの従三品《じゅさんぴん》ではないか。正四品となんら変わらんくせに」

お互い様だ。こちらも不愉快でしかない。

「ふん。先に出させてもらおう」

言うや、朱衣が紫衣の蓮珠に先んじて朝堂を出ていく。唖然として立ち尽くす蓮珠に、先に出ていた黎令が顔を覗かせる。

「陶蓮、なにしているんだ？　早く部署に戻るぞ。春節の前に行事が入ったんだ、かなり忙しくなるぞ。そんなぼーっとしているから朱衣に先を譲ることになるんだ」

「譲ってなんかいませんから！」

思い切り言い返した蓮珠は、呆然とする黎令を置き去りに行部へと戻ることにした。


朝堂を出た翔央は、皇帝執務室のある壁華殿への廊下を、李洸を伴って歩いていた。

「李洸、お互い苦労が絶えないな。春節を前にこの一大事だ。どこぞの鵲《かささぎ》のように史跡巡りにでも飛んで行きたいものだ」

翔央が周囲の耳を考慮しつつ愚痴る。鵲は先帝時代に叡明が賜っていた喜鵲《きじゃく》宮の鳥紋のことで、叡明自身のことだ。李洸がこれに拱手してから応じる。

「古来より国の頂点にある方というのは、我が道を行くものです。それに御鵲の史跡好きは現地に赴くことで満足されていますから平和です。遠い時代には、都に史跡を移築させていた史跡収集家の皇帝もいらしたとか」

「……それは多方面に金がかかるな。移築費用もそうだが都のように人が集まる場で土地の確保にかかる金やその後の修繕費は馬鹿にならないだろう？」

思わず想像して身震いする。皇帝の身代わりをやっていると、どうしたって国家予算というものが目に入ってくる。大陸有数の貿易都市となった栄秋を都に持つ相であるが、国の懐事情は今も潤沢とは程遠い状況であり、皇帝の道楽に国費を注ぎこむなんてのは論外のことだった。

「当然ながら国が傾き、その後皇統は傍系に変わりましたね」

「傍系か……相も義帝の時代に傍系になったな」

昔叡明と二人で教師に見せられた皇統図を思い出す。相国皇帝としての代は、まだ二桁になっていないのだが、皇統図は高大帝国時代から書かれていて、非常に複雑で長い。義帝は、四代皇帝で『失地帝』という不名誉な別名がある。

「まあ、あれは国土の一部分をごっそり失ったからですけどね」

雑談をしつつ二人は皇帝執務室に入る。人払いも確認したところで、奥の部屋に置かれた長椅子の卓を挟んで座った。これでようやく本題に入れる。

「何考えてんだ、あの性悪伯父は！」

手にしていた蝶頭を机に投げつけた。

「落ち着いてください、あまり叫ぶと外にいる者が驚きます。……吐露した本音が華国の耳に届くのも厄介です」

李洸は諫めながら、机から転げ落ちた蝶頭を拾った。

「わかっている。以後、気をつける。……叫ばずにはいられなかった、すまない」

翔央は深呼吸してから執務机の椅子に腰を下ろす。

「……で、どうする？」

天井を仰いだままで問いかければ、李洸が小さく唸った。

「宮妃一人迎えて同盟が維持されるのであれば、大したことないだろう……と思った官吏は多そうですね」

心情を抜きにしても、宮妃を迎えるのはそう簡単なことではない。翔央は眉を寄せたまま、視線を李洸に向けた。

「ああ。玉座から見て取れた。親戚派の連中までホッとした顔をしていた」

二大勢力を誇った呉家と余家を皮切りに、この半年で百戦錬磨の古参政治家が幾人も政治の表舞台から外れた。今や朝議に残された者たちは、牙のない獣だ。朝議内の覇権争いに野望はあれど、他国が絡むような問題には尻込みする。

「まあ、時間稼ぎできる案件は一旦後回しだ。……それより問題は、使節団の歓迎の宴だろ。外交行事になる上に、公主という女性の国賓を出されては、こちらも皇后とは別に飛燕宮妃には飛燕宮妃として出ていただかねばならない。外交の宴席で国家間の密な話が出るのは必定、ましてや同盟を維持するか破棄するかという繊細な話が絡む、威公主に聞かせていい話じゃない。彼女は政治を知っている……危険だ。李洸、皇后を欠席にできないのか？」

翔央は核心を口にせずに問いただした。

「わかっております。……ですが、威皇后が宴席に出なければ、南北の直接国交がない以上、相国都合で繋がりを作らせないのだろうと勘ぐられます」

場合によっては、直接国交がない威国を紹介しろと威公主の出席を華国側から打診してくる可能性もある。威公主の前で自国の公主の宮妃入りの話を進めれば、いい牽制になるなどとも考えるだろう。

「問題となるのは……、陶蓮殿との婚姻証明書のことですか？」

「……ああ。出立前の叡明とはその話をしたが、最終的には誤魔化されたな」

誤魔化したばかりか、厄介ごとだけ置いて行かれた。武官が本分の自分にとって、玉座でじっとしていろというのは苦行でしかないというのに。

翔央がため息をつくと、李洸がその場で跪礼する。

「お預かりしていた身としては、大変申し訳なく……」

翔央は、すぐに李洸を立たせて、再び長椅子に座らせると耳打ちした。部屋に誰も入れず人払いしているわけだが、どこになにが潜んでいるとも知れないのが宮中だ。用心せねばならない。

「そこはいい。お前だって皇帝に出せと言われて、差し出さないわけにはいかない。それぐらいわかっている。とにかく婚姻証書がなくなった以上、蓮珠に皇后の身代わりはさせられないという話だ」

李洸も頷いて小声で返す。

「そうですね。もし身代わりと知られれば……身分を偽った罪で、即時処断されることもありますから」

それはまさに最初に身代わりを頼んだ時に懸念したことだった。

「今となっては、あの時以上に蓮珠ほど身代わりに相応しい者はいないんだがな」

初めは、なによりも威国語が話せることにあった。その上で官吏ゆえに妃嬪として必要な教養があり、独身かつ派閥に属していないことも都合がよかった。だが数回の身代わりを経て、蓮珠は今や皇后の威厳のようなものも見せられるようになった。

それでも、今は……。

「……主上……」

李洸が遠慮がちに呟き、翔央の顔を窺ってくる。

「言うな、李洸！　……頼む、その先の言葉は言わないでくれ」

翔央は席を立ち、執務室と続く隣室に逃げ込んだ。

「主上、あなたが言えぬことを言うための丞相です。突然の使節団歓迎会準備であの部署も多忙でしょう。今ならば皇帝直属の部署の一官吏を執務室にお呼びになることも不自然には思われません。かの部署の長を通じ、お召しください」

もちろん逃げたままにするような丞相ではない。後を追い、翔央の背中に小声で案を提示する。

「李洸！」

翔央は思わず叫んでいた。だが、それで止めるような男ではない。

「あの者は無能ではございません。状況を考えれば、己に声がかかることぐらい予想していることでしょう。……そして、自身の無事を守るものがないこともわかったうえで、国のためにお召しに応じることでしょう」

誰が聞いているとも知れない会話で、その名を出すことを李洸は避けていた。

「……わかっている。あれはそういう人間だ」

翔央も名を口にすることを避けた。誰かの耳を気にしてというより、この事態に巻き込むことを避けたくて名を出したくなかった。

「だからこそ……守るものがない場に引き出すことなんて……」

もし、それでバレたら……。

「俺は……、俺のせいで誰かが死んでしまうかもしれないことに耐えられない」

この身体の奥底にへばりついた願い。臆病とは違う。違うけれど、誰にも死んでほしくない。耐え難いから。

「……それは、今のあなたが発すべき感傷ではありません」

李洸は小さく首を振ると、強い視線で翔央を見据える。

「どうか皇帝として熟慮と決断を」

いつも以上に感情を押し殺した声が、翔央の決断を促す。

「……叡明として考えろと言うことか」

呟いて、改めて思う。叡明なら、この事態をどう処理しただろうか。華との同盟維持のために宮妃の件を受け入れるだろうか、こうなってはやはり蓮珠に身代わりを頼むことをやむなしとするのか。姿形が同じでも中身は違う人間だ。ここをどう越えるべきか、叡明の考えなどわかりはしない。

「……あなたも多方面に苦労が絶えませんね」

翔央の顔を見つめる李洸が、しみじみと言った。

「人ごとのように言う。皇帝と丞相筆頭は一心同体だろう？」

皮肉で返したつもりが、国司最高の頭脳と称えられる若き丞相は顔を曇らせた。

「……さあ、どうなのでしょうか。主上は本当に知に長けた御方です。私などが何を申さずとも最適解に至られる。太古の王朝のように、御一人でお治めになることもたやすいでしょう」

李洸には珍しく気弱なことだ。官吏の長が官吏の存在を否定するとは。

「おいおい、それはこの国の官僚主義を否定しているように聞こえるが？」

翔央はできるだけ軽くそれを口にした。

「……今は貴方様が相国皇帝なれば、あまりにも過ぎたことを申しました」

慌てたように李洸が長椅子を降り、翔央の前に跪礼する。

「それを言うなら、お前は皇帝が指名した相国丞相の筆頭だ」

顔を上げた李洸と目が合った。お互い自然と笑いが漏れた。

「李洸、お前の言う皇帝には丞相が必要だ。頼りにしているぞ」

「ありがたき幸せ。この李洸、魂の忠節を以て御身にお仕えいたします」

真摯な声でそう言うと、李洸は翔央の前に再び深く一礼した。

そして、そのままの姿勢で厳かに言う。

「貴方様は、皇帝として臣下の献策を受け入れた。そう解釈することで少しでも決断を下しやすくなるのでしたら、そう解釈いただいてかまいません。今、この国の玉座にお座りでいらっしゃるのは、貴方なのですから、貴方のご決断がこの国の決断です」

翔央の思いを見透かしたように、李洸が言った。翔央という皇帝として考えろ、と。

「本当に俺という皇帝には、お前が必要だな、李洸」

皇帝の理屈が頭の中で動き出す。胸にあふれかえる感情を置き去りにして。

「人をやれ。大至急、行部の長を召す。これは勅命である」

背中越しに翔央はそれを命じた。冷たい声は、叡明にすら似ていない。まるで、先帝のようだ。そう思う心が痛みだす。

かつて、叡明と二人、父上のように『私情で国政を乱さない』と誓った。だが、『国政のために私情が乱される』ことは、正しいのだろうか。

わからない。でも、呼び出すことを決めたなら、自分がすべきことはただ一つ。

「なにがあっても、彼女を護る」

それだけだ。


宮城の南門に向かう中央の道を隔てて六部庁舎と逆の庁舎群に行部はある。

「……陶蓮、ちょっといいか？」

呼び出された壁華殿《へきかでん》から戻ってきた張折は行部の面々に軽く業務状況の説明をした後で、蓮珠を手招きした。

「はい？」

向かうは密談用の小部屋である。

「単刀直入に言う。おまえ、ちょっとばかし地方に出向してきてくれ」

「……なにか、左遷されるような失態を犯しましたか？」

蓮珠は我が身を振り返るも……、この半年間色々やらかしてきたので、心覚えがありすぎて、血の気が引いてきた。

「あー、違う違う、都落ちじゃなくて……」

言葉を区切った張折は、密談用の小部屋だというのに、さらに蓮珠に小声で耳打ちしてきた。

「外交行事だ。皇帝の横に皇后が必要になる。……お前も主上のこと……気づいているだろう？」

目が合い、小さくうなずく。

「で、事情を知っちまっている俺だから言うことだが、俺自身は、お前がこの国のために誰よりも働き、かつ実績を作っているのは分かっている。だが、官吏の陶蓮としての実績はほぼないに等しい。身代わり中は、表向き自宅謹慎や自宅療養で陶蓮はなにもしていないことになっているからな。これでは、周りの評価が厳しい」

「……なるほど。そのための地方出向ですか」

「おう。このくそ忙しい時に戦力削られるのは勘弁してほしいところだが、しょうがねえ。そもそも主上に直接視察に行ってきたほうがいいかもしれないって言ったの俺だしな」

張折は身を引くと、誰かに聞こえているかもしれないこと込みで言いながら小部屋の扉を開けた。

「悪いな、陶蓮。本当は行部の長である俺が行くべきなんだろうが、今回仕事が重なりすぎた。俺は都に残って采配しないとならねえんでな。通行許可証の手配は俺がしておく。悪いが、すぐに家に帰って支度をしてくれ」

自分の机に戻りながら張折がすらすらと話を並べる。蓮珠はそれをよく聞いて、自分に付けられた設定を覚えねばならない。

「陶蓮様をどこかへ使いに出すおつもりですか？」

蓮珠の副官である魏嗣《ぎし》が難しい顔をする。

「おう。華の使節団の用向きから言って、地方演習場にいる白鷺宮様には春節より前に都にお戻りいただかねばならねえ。だが、戻る前には相手が華国の方だってこともよくよくご理解いただかないとならない。外交問題が絡むからな」

張折は部署の全員に聞こえるような声で説明した。

「その点、陶蓮は礼部にもいた。外交の事情を説明できる。……それに、相手は武官といえども皇族だ。迎えに出すべきは紫衣だろう」

同じ上級官吏でも黎令は外交には明るくない。だから、蓮珠を出す。それも歓迎会に間に合うように大至急。表向きの理屈は通っている。蓮珠はこくこくと頷いて見せた。

「……この忙しい時に……一人でお戻りいただきたい」

黎令がぶつくさと言う。

「まあ、そう言うな。デカい行事が増えたからな、効率よく進められるように分担しないと終わらない。さっさと片付けて、みんなでいい新年迎えようや」

張折の言に各人の手が再び動き出す。その様子に安堵して、蓮珠は副官に後を任せると、行部の部屋を後にした。

女性には、女性の外交というものがある。使節団の主たる存在が女性の場合、これを迎える側も、相応の地位にある女性が挨拶に出ることになる。相国の場合、同じ先代の公主という立場にある蟠桃《ばんとう》公主は、威に嫁いでいる。そのため、皇妃の最高位にある皇后が相国の女性代表という形で、皇帝の傍らに立つこととなった。

「威皇后、こちらが華国よりいらした榴花《りゅうか》公主だ。ご挨拶を」

今回の身代わり一つ目の仕事が、華国の公主にご挨拶することだった。壁華殿に呼び出され、そのまま玉兎宮で着替えることになり、忙しないな……などと思っていたら、いきなりこれである。相変わらず心臓に悪い仕事だ。

「ようこそお越しくださいました、榴花公主様」

歓迎会準備のために通常の謁見の間でなく皇帝の居所金烏宮の一室で、華国の公主との顔合わせとなった。

通常、公主は今上の皇女が賜った封土の名を冠して呼ばれる。今上の姉妹であれば『長《ちょう》公主《こうしゅ》』を冠するところだが、華国公主は、先王の時代から政治的に価値がないとされて封土を与えられず、今上でもそれは変わらなかったため、公主の前につける土地の名がない。彼女に与えられたのは、榴花園と呼ばれた元王室所有の庭園に建てられた屋敷だ。呼称一つとっても彼女の華国内での立場がわかる。

「お初にお目にかかります。華の公主、榴花にございます」

年のころは、おそらく蓮珠とそう変わらない二十代の終わりごろだろうか。髪の結い上げ方や化粧の色味にも隙がない。大人の女性の艶やかな面を、高貴な身分に相応しい気品ある華やかさでまとめ上げている。腕のいい侍女をお持ちだ。蓮珠は、思わず榴花公主の後方に控えている侍女を見た。

「……！」

蓋頭越しなのに、侍女は反応し、怯えるように一歩下がった。華国の人からすると、威国出身者である皇后は怖いのかもしれない。

「侍女の同席は、相国では良くないことでしたでしょうか。申し訳ございません」

侍女を隠すような位置に立って、榴花が謝罪の言葉を口にする。だが、目が怖い。その目、その口元が、良くないなんて言わせるものか、と語っている。

「華国では、未婚既婚にかかわらず高貴な女性というものは、いついかなる時も侍女を伴うものでございますので」

生粋の皇女らしいお言葉だ。蓮珠は慌てて否定した。

「いえ、そういうわけではないのです。……榴花公主様がとても洗練されたお姿でしたので、侍女の方の技量に感心を……、あ、いえ、もちろん榴花公主様ご本人もお美しいのですが、それだけじゃなくですね！」

慌てた蓮珠を見た榴花が、手にした絹団扇の後ろでクスっと笑う。

「ありがとうございます。朱景《しゅけい》は幼い頃からわたくしに仕えてくれているとても信頼できる侍女なのです。衣装も装飾も彼女に任せておりますの」

そう言って笑う榴花公主は、国の色である紅を中心にした襦裙をまとっていた。胸元や袖などの部分は碧色の別生地で縁取られ、花柘榴の細やかな刺繍が施されている。衣装はもちろん、その装飾品も紅に映える金色が品良く配置されており、そこに彩りを加える大粒小粒の宝石の数々も素晴らしい逸品ばかりだ。なにより、榴花には内からにじみ出るような華やかさがある。その輝きが眩しい。

「榴花公主様が朱景殿を大事にされているのも、朱景殿が榴花公主様を大事にされているのも伝わってきます。城内で侍女を伴うことになんの問題もございません。ごゆるりとお過ごしくださいませ」

挨拶は皇帝夫妻だけでなく、最近ご成婚された飛燕宮様とその宮妃呉淑香《ごしゅくか》、華国から嫁がれた雲鶴宮《うんかく》のご生母小紅《しょうこう》といった皇族、さらには丞相といった国の中枢にある者たち、華国と縁の深い親華派の官吏たちが続く。

皇帝夫妻の前を離れる榴花を見送ったあと、傍らの翔央が蓮珠にボソッと呟いた。

「あまりごゆるりとされても困るのだが……」

それは蓮珠も官吏の政治的な感覚として、わかるものだった。

「社交辞令というものです」

「嘘だろ。おまえに社交辞令が使えたなんて聞いたことないぞ。思っていることしか言えないくせに」

「多少は使えるようになりましたよ。……後宮のお茶会は、社交辞令なしには生き残れないのですから」

「……いろいろすまん」

納得したらしい。翔央が少々げっそりとした顔で言った。

「ところで、主上。……印象で物申してもよろしいでしょうか？」

「許す。なんだ？　まあ、悪い予感しかしないが」

「榴花公主様は、皇妃の方々と相性がよろしくないと思われます。あと確実に、威公主様とも」

演技か本気かはわからないが、華国の皇女であることを口にしたときの彼女の目は、完全に相国の文化水準の低さを蔑む目だった。それが、誤解であれ、あの目はいけない。それは、社交辞令がどうこうとは、また別の問題で、外交の場に出てきたなら、外交の顔を作らねばならない。自分にできているかはともかく、礼部で外交の場に関わり、蓮珠はそれを学んだ。

「覚えておく。……今回皇后の出席は、この顔合わせと夜の宴だけで済むよう手配してある。他の場面で公主と皇妃たちが関わることがないように配慮する」

蓮珠は蓋頭《がいとう》越しに、改めて榴花とその侍女を見つめる。不思議な主従だ。従者が主の斜め後ろに控えているのは、よくある位置関係だ。だが、従者は静かに、でも確実に主のそばに自分がいることを主張する。特に身分の高い未婚女性に付き従う侍女はその傾向が強い。よからぬ輩を近づけないためだ。だが、朱景と呼ばれていたあの侍女は、存在を極力消している。その上、榴花のほうも朱景を背中に庇っているかのようだ。

考えかけて、小さく首を振る。今回は極力『遠慮ない』行動を慎まねばならない。身を護るものがない。身を偽った罪の即時処断を止める手立てはない。それは確かに怖いことだ。だが、それ以上に、自分の身代わりがバレることで、翔央の身代わりもバレてしまいかねない。そのことのほうが怖い。

だから、踏み込むのはやめておこう。榴花の言動に気を付ける件が、翔央の中にあれば十分だろう。

蓮珠は、何事もないことを祈るように目を閉じた。

国賓を歓迎する宴には、虎継殿《こけいでん》が使われる。皇帝との謁見に使われる際には、玉座のひな壇以外に何もない場所だが、今はそこに宴のための机と椅子が持ち込まれ、さらには余興の場として小舞台が真ん中に置かれている。栄秋でも名のある楽師と舞姫は、華国からの客人の耳と目を楽しませているようだ。

風流の人であった先帝は、興が乗ると自ら琵琶を手に舞台に上がり、太監たちを慌てさせたというが、今上帝である片割れは歴史学者の肩書こそあれ、芸術方面は苦手で、太監に止められるようなことはしない。おかげで椅子に座って、客人たちを眺めているくらいしかやることがない。郭翔央として、この場に居るのであれば、剣舞の一つも披露するところなのだが。

「……榴花公主が、まだ来ていらっしゃっていないようだな」

宴の場の最奥、一番高いところから華国側の客人の様子を見ていた翔央は、首を傾げた。

「女性の身仕度には時間がかかるものです。特に榴花公主様は、侍女一人でお支度をしなければならないのですから」

飲食の席でも傍らに居るのは、李洸だった。丞相の言葉に表情に乏しい皇帝らしく、わずかに口角を上げる。

「なるほど。男の身にはあまりわからぬ問題だな。とはいえ、このままでは始まるものも始まらない。人をやって、様子を確認させたほうが良い。華国の都城とは比べ物にならぬ手狭な城とて、慣れぬ身であれば迷うこともあるだろう」

やんわりと命ずると、李洸がその場に跪礼した。

「御意」

彼が立ち上がったところで、虎継殿の表のほうから声が聞こえてきた。

「誰か！」

悲鳴に似た声が辺りの者たちを緊張させた。

「李洸！」

自らも椅子から腰を浮かしつつ、翔央は先に向かうよう促した。

「承知！」

翔央の声に李洸とその近習たちが走り出す。

「なにごとでしょうか……？」

ひな壇を降りかけた翔央の衣の袖が弱々しい力で引かれる。ひな壇の一段低いところに用意された椅子に座っていた蓮珠が、翔央の袖を握っていた。

「案ずるな。すぐにわかる」

ただし、わかるのは『なにごと』なのかであって、安心することにはならないだろう。

「大変です！　榴花公主様が倒れてきた柱でお怪我をなさいました！」

蓮珠が驚きに強く袖を引いた。虎継殿の中も一気に騒がしくなる。その中で翔央の身体は、一刻も早く現場に向かうことを選んだ。叡明なら待つかもしれない、そう思ったのは一瞬のこと。それでも、翔央には行かないという選択肢はなかった。

威妃を迎えるという時に考えた。この皇城内で威妃に何かあれば、威国は必ずや、それを戦争の口実として使い、浮足立つ相国を隅々まで蹂躙するだろうと。

同じことは、華国にも言える。即戦争とはならなくても、同盟継続で相国側に不利な条件を突きつけてくる可能性がある。

「させるものか」

呟きは、片割れを模してはいなかった。ただ、翔央の胸の内がそのまま口をついて出たものだった。

第三章　紅華、白と交わる

虎継殿《こけいでん》は奉極殿《ほうきょくでん》の北側にあり、その間は屋外の一本道で繋がれている。騒ぎで開け放たれた虎継殿の扉を飛び出た翔央は、そのままの勢いで階段を駆け下りた。

一本道の半ばに人だかりができている。

「そこに榴花公主がおるか？　誰か！　後宮の医局から豊《ほう》姑《こ》を呼んできてくれ。相手は華国の公主だ、失礼があってはいけない」

どれほどの老齢であろうと男の医者より、この場合は女の医者のほうがいいだろう。頭では冷静な計算をして命じるも、翔央の足は、一段抜かしで階段を降りて、道を走る。

「倒れてきたというのは、どこの柱だ？　むやみに怪我人を動かすな」

屋外とあって、倒れてくる柱らしきものは見当たらない。

「いえ、この場の出来事にございます。倒れたのは広場に置かれた両国の国色旗を掲げるためのものです」

虎継殿の外を警備していた武官たちが、皇帝の前に平伏する。

一本道に等間隔に置かれた国色旗の掲揚台。その旗を掲げていた柱が、ちょうど前を歩いていた榴花公主の上に倒れてきたということらしい。

「そうか。……なら大丈夫だな」

翔央は、ほんの少し肩の力を抜いた。

「主上？」

追いついた蓮珠が傍らで小首を傾げる。翔央はその耳元に顔を寄せ、小声で種明かしをした。

「実は儀礼用の像、柱、台の類は、しばらく前から強度を弱くしてある」

「強くではなく？」

もっともな疑問である。そして、それこそがこの仕掛けの意味でもある。

「ああ。西王母像の倒壊で、いつなにに仕掛けされるかわからず、それはどう警備させても防げないと学んだ。だから、倒れてきても被害が最小限になるように材質を軽く壊れやすいものにさせた」

西王母の倒壊。翔央と蓮珠が初めて身代わり皇帝と皇妃になった入宮式での出来事だ。国家儀礼というのは厄介で、どうにもすぐ近くに護衛を置けないものもある。そこで発想を逆転させて、壊されないようにするのでなく壊れやすく、下敷きになろうが破片に当たろうが大した怪我にならないようにした。屋外なら材質が軽さで風にあおられ、相手が計算した位置に倒れないという危険回避策も含んでいる。

もう一点、警備を増やしたり強度を上げたりするのには相応の金が必要だが、警備そのままで強度を下げる分には金はかからない。国の懐事情があまりよろしくないこの国では、これは一石二鳥の策だ。

「……とんでもない学びですね。国家規模の手抜き工法ですか……」

「それもあって知っているのは、ごく少数だ。礼部あたりに説教を食らうからな」

蓮珠の呆れ声に、翔央は若干空笑いで返す。

「とにかくご様子を確認しなくては」

安全確認のために人だかりの手前で足を止めていたが、国色旗の掲揚台のあたりならもう二、三本の柱が倒れてきたところでたいしたことにはならない。面倒は、せいぜい破片を片付ける手間が増えるぐらいだ。

「相手は華国の公主様ですよ。御姫様の中の御姫様。主上基準で壊れやすくした柱でも、細い足が折れてしまうかもしれませんよ」

「脅すな、皇后。……俺基準でなく我が片割れ基準だ。ひ弱いぞ、アレは」

「その点は、わたくしなにも言えません」

今度は蓮珠が空笑いで返してきた。

「まあ、知らぬ者からしたら大事ではあるな。……それにしても……」

儀礼用の衣装は、どうしても重い。武官の動きやすい衣装とは違い、足運びも大きくはできない。それは皇后の衣装も同じだろう。官吏の常服であったなら裾を引きずりはしないからわからないでもない。だが、虎継殿の最奥から走った自分にそう遅れることなく蓮珠は傍らに来た。初期のころに襦裙姿で後宮内を歩き回っていただけのことはある。

「……お前って、本当に仕事熱心だな」

「何の話です、こんな時に？」

言葉がうまく伝わらない。若干のずれがもどかしい。邪魔な蓋頭なんて取り払った一介の官吏と澄まし顔を投げ捨てた一介の武官であったなら、真正面から向き合って話せる。そうすればこの程度のずれなんて。

いや、もうどんな姿でも真正面からは話せないか。仕事熱心な彼女は、皇后としてしか今は向き合ってくれないだろうから。

「いや、気にするな。……で、李洸、どうなっている？」

視線の先に見慣れた背中を見て、声を掛けた。

見れば、予定どおりに粉々になった旗掲揚台の柱から少し離れたところで、侍女に縋りつく女性の姿がある。

「叡明基準でもダメだったか……」

翔央は小さく呟いてから表情を引き締めた。

「主上、虎継殿から出ていらしたのですか？」

振り向いた李洸が、おとなしくしていない皇帝を軽くとがめる。

「いや、ことが榴花公主では、じっと待っているなんて……」

様子を見ようとさらに近づいたところで、背後から癇に障る叫び声がした。

「榴花公主が柱の下敷きになったというのは、まことか？」

振り返ると華国使節団の長である段響《だんきょう》が金切り声を上げて走ってくる。

「ええ。倒れてきた柱に片足を挟まれたとのことでしたが、今は怪我以上に御心痛が」

李洸の答えに、段響がただでさえ大きな目を見開く。

「柱が倒れてきて……足を痛めた……だけ？」

まあ、柱が倒れてきたと聞けば、普通に考えたらもっと大事だと思うだろう。それも予想済みだ。

「国色旗掲揚のための細い柱だったからでしょう。それでも榴花公主のお姿には、不幸中の幸いなどとは言えません」

翔央が言うと、段響がさらに甲高い声で迫ってきた。

「こ、これが相国の歓迎か！　なんと腹立たしい。即刻犯人を捕まえて、我が国に引き渡していただこう！」

勢いで言ってから相手が相国の皇帝と気づいたらしい、三歩下がって跪礼した。

「……段響殿のお言葉はごもっとも。すぐに調べさせます」

翔央が方針を示すと、段響が睨み上げてきた。どうやら相国人に主導権を握られるのが不快らしい。体勢は礼をとっているが、頬が引きつっている。相手が皇帝であっても、そこは関係ないのだろう。

貴族主義の華国では、官僚主義の相国を軽く見る風潮がある。皇帝にしても、官吏にいいように操られている傀儡ぐらいに思っているという話を聞いた。当代の華王の遠縁貴族として今の地位にあるこの人は、血筋的には華王の甥である自分とも縁戚関係にあるから、気分的に遠い親戚のガキでも相手にしているつもりなのだろうか。

「主上、豊太医丞《たいいじょう》がいらっしゃいます」

人だかりの外側にいた太監が報告に顔を覗かせる。

「いらしたか。では、榴花公主を診ていただ……」

翔央が最後まで言い終えぬうちに段響が叫んだ。

「なにを仰る！　我が国の公主に相の医者ごときが触れるなど不敬な。こちらで伴っている医者がおる。誰か、榴花公主をお運びいたせ！」

そう言われると思って相国でも最上位の女医を呼んだのだが、聞く耳持たない勢いで部下に命じた段響は、自らも榴花公主に駆け寄り翔央から離れていく。

入れ替わりでこの場にたどり着いた豊姑がいつもののんびりとした調子で言った。

「……あれ、どこに患者がいるのです？　急ぎのお召しとのことでしたが……」

肝心の患者は、段響の命令に従い、華国の従者が運んでいった。

「すまない、豊姑。……たったいま、連れ去られてしまった」

相国側の人間だけ、そのまま取り残されたような状態だった。

「主上、これはなにごとですか？　華国の方々が皆さま虎継殿を出ていかれて……」

虎継殿から走ってきたのは、礼部の許《きょ》次官だった。傍らにいた蓮珠が元上司の出現に警戒して翔央の陰に隠れる。

「榴花公主がお怪我をされた。歓迎の宴にはご参加なさらないだろう。それにしても、なんとまあ統制の取れた国だな」

叡明のように皮肉交じりの感嘆を口にする。

「暢気なことを仰っている場合ですか、主上？　……これは考えられる限りもっとも面倒な事態になったと言わざるを得ません」

李洸は難しい顔をして、段響たちが去っていったほうを見ていた。

「解かっている。……まずは大至急で調べろ。面倒な事態の打開はそこからだ」

己に課した守る誓いを確かめるように、翔央は蓮珠の肩を強く抱き寄せた。

華国使節団歓迎の宴は、結局中止となった。

歓迎の宴がなくなったことは、宮城外には伝えられていない。少し早い春節の祝いとして、街の人々には城から宴で使われなかった宮廷料理が下賜された。そのことで、街中が盛り上がったまま、一夜を明かしたわけだが、対照的に、皇城では一夜を今回の件の捜査で明かすこととなった。皇城司もだが、皇帝と丞相も眠れぬまま朝を迎えた。

調査に進展なしを確認するだけで終わった朝議を経て、午後の虎継殿。宴の痕跡はすでになく、がらんとした建物内には、最奥に皇帝、丞相と太監、板張りの床に跪礼する華国使節団代表数名がいるのみだった。

「両国の友好な関係の継続を望む華王のご意思に従い、遠路はるばるこの栄秋まで来たと言うのに……。誠に遺憾なことであるが、相国の方々のお考えは異なるようですな」

段響の言葉は棘だらけだった。皇城内で起こる事件というのは、犯行の現場を押さえない限りは、だいたい複雑かつ巧妙なもので、一晩で何かがわかり、どこからか犯人が捕まる……というほど単純なものではない。

とはいえ、華国側の心情もわかる。彼らは春節までに帰国しなければならない。だが、今回の件をそのままにして手ぶらで帰国というわけにもいかない。そのため、回答を急いでいるのだろう。

「皇城司には、早急の解決を念押ししている。本件を放置しているということはない」

「皇城司ですか。相国の皇城司は、逸った捜査をなさることも多かったと伺っている。適当な人間を捕えて済まそうとなさらぬようお願いいたしますよ」

華の使節団を率いる段響が相国を訪れてほぼ一日。それにしては、こちら側の事情を突いてくる発言をする。英若が統括していたところの話まで出してくるとは。

隣国の要人と言うことで、謁見に虎継殿を選んだが、官吏たちも同席する朝堂で行なわなくて良かった。親華派は増長するだろうし、親威派は抗議の声を上げかねない。

「それにしても、皇帝陛下と李丞相がこのような場にお出ましになるとは。これも相国流というものですかね……」

段響が玉座に聞こえる声で言ってから、言いすぎた顔を作って跪礼する。

「礼部は外交が専門であり、捜査状況については回答しかねます。また、段響様のお立場を鑑みるに捜査を担当しております皇城司では礼に欠けると誹られる可能性もありますので、丞相たる小官がご報告させていただくことにいたしましたが……」

李洸も言葉を濁す。翔央は玉座から段響を見下ろしていた。皇城司は、白鷺宮としての翔央が統括している。そちらの繋がりで捜査状況について、皇帝向けの報告とは別に、現場の声というのが耳に入っている。捜査は難航しており、段響に言えることはない。

　だからこそ、翔央はこの場に出てきた。好まない方法ではあるが、皇帝の威光というもので、最悪の事態を避けるよりない。

「余が……というより、相が提示するは、榴花公主のご滞在を延長されてはいかがか、というものだ。病の床にあるというわけではないが、帰国の旅程は厳しかろう。怪我を癒されてから帰られるほうがいい。逗留先は、我々のほうで手配させていただく」

「榴花公主様の療養であるか……。ご配慮には感謝する。だが、皇族の国外での活動には、王のお許しがなければならないので、即答しかねる」

　こちらがどんな落としどころを用意するかは予想済みだったのだろう、段響自身は翔央の提案に即答した。

　しかし、そういうことを気にするような人だっただろうか。あまり人がすることに興味のない人だったはずだが。伯父と甥というと近いように聞こえるが、かたや一国の王であり、自分は隣国の皇弟にして武官の身。そう気安く会うような関係ではない。最後に顔を合わせたのは、もうだいぶ前になる。その時はどうだっただろう。翔央が思い出そうとしたところで、段響が意外な質問をしてきた。

「……ひとつ、お尋ねしたいのだが、白鷺宮殿はいずこに？」

「片割れに何か用がおありか？」

すぐに叡明として答える。ほんの一瞬、翔央の思考になっていた。なにか思い出すという行為は良くない。過去の自分を思い出そうとすれば、どうしたって叡明の思考から外れてしまう。油断してはいけないと、玉座の上からことさら冷たく段響を見下ろしていると、彼は周囲に首を巡らせた。

「こちらでお聞きしているところでは、白鷺宮殿は皇城司を統べていらっしゃると。であれば、今回の件は白鷺宮殿もこの場にいらっしゃるべきでは？」

翔央は姿勢を少し前傾させた。

「なるほど、そういう話か。……アレなら都に居らぬ。その件をご存じなら当然こちらもご存じのはず。白鷺宮は武官だ。我が国の武官は春節まで任地にいるのが常。春節になれば一時は戻るだろうが、またすぐに任地に向かう」

段響の目を見る。翔央の姿《じぶん》をこの場に探す真意はなんだろうか。

「これは異なことを。皇城にてなにかしらの事件事故が起これば、任地より早馬で戻り、皇城司統括として朝議にてご報告なさると伺っておりましたので」

翔央は前傾姿勢を起こしながら、李洸をチラッと見た。当然のことながら、丞相はこのことの問題に気づいており、渋面で小さく頷き返す。

「段響殿。どなたからお伺いか教えていただきたい。小隊を率いる武官が一名、任地を離れている時があるなどと、国防に関わるようなことを、容易く隣国の方に教えるとは、由々しき問題にございますので」

李洸に言わせたとおりだ。これは国防に関わる話になる。親華派の誰かだろうか。無意識なら相当厄介だ。

「そ、そこは……私が直接相の方から伺ったわけではないので、お許し願いたい。相国内の事情に詳しい方に白鷺宮殿についてお話を聞かせていただいただけで……」

段響が口ごもる。直接ではないほうが問題の根が深い。段響と国内の誰か二人を締め上げて終わる話ではないということだ。

直接ではないことの真偽を問題にしても、そう簡単に口を割ることはないだろう。

「では、段響殿には別の件でお答えいただきたい。白鷺宮にずいぶん御執心のようだが、会ってどうなさるおつもりか？　榴花公主を娶れと直接交渉でもするおつもりか？」

翔央は質問を変えた。この男、白鷺宮に会ってどうするつもりかのほうが興味がある。

「皇族の婚姻は国主の決めるところ。直接交渉に何の意味がありましょうか。ただ、白鷺宮殿は同盟の継続条件に関わる方であり、蚊帳の外にいていただくというのも、いかがなものかと考えたまでにございます。それと……、白鷺宮殿と榴花公主様が一度お会いすれば、話はいっそう速やかに進むのではないかと思いまして。なにせ、白鷺宮殿といえば、武官でありながら文人として知られる方だ。文化一級国である我が華国の公主とならば話も合いましょう」

相国内で話が合うような女性がいないから、宮妃もいないとでも思っているのだろうか。不愉快な話だが、ここで自分が憤るのは筋が違う。叡明であるならば、ここは反論などしないで、皮肉を込めた視線を向けるだけだろう。

「任地には人をやり、戻るように指示を出そう。今回の任地は国の東側の某所。河を使えぬ場所である。馬で都に上ってくるのは、舟よりも日数が要る。段響殿には、しばしお待ちいただきたい」

とにかく待っていろ……ということで話を終わらせようとしたが、段響が眉を寄せた。

「馬……。街道を使われるか？」

相国は険しい山が多いため、移動経路に河川を使うことが多い。華国の場合は、中央地域との境になっている北方の山々から南方の大海に注ぐ河が多いため、移動経路はほぼ河川のみだ。船と違い長距離移動では休ませねばならない馬を移動手段に使うことは、華国からすると前時代的なのかもしれない。

「そのとおりだ。先ほどの話にも出たが、白鷺宮には小隊を与えているゆえ、下の者に引き継いでからの出立となるはずだ」
　正確には、叡明が戻らぬ限り、道中で色々あって都に戻るのが遅れることになっている
ので、多少でなくだいぶ時間がかかる。
「……榴花公主は、怪我の具合が回復されるまで皇城内に留まっていただくゆえ、白鷺宮
に会うこともあるかもしれないな。段響殿はお帰りをお急ぎとのこと、お引止めはせぬ、
とだけ言っておこう」
　ここで皮肉の一つも口にするのが、叡明らしさだ。まったく褒められたことではないが、
叡明の身代わりとして、ここはきっちり言っておく。
「いかにお怪我されていようとも、春節にはご帰国いただかねば、国民に示しがつきませ
ぬ。故にお迎えに上がらせていただきます」
　それはつまり、新たな期限を設けるということだ。やはり遠い親戚ではあるようだ。段
響も簡単に引きはしない。
「段響殿も随分とお忙しいことだ。貴族らしい余裕を貴ぶ華国とは思えぬことよ」
　皮肉の応酬になったところで、傍らに立つ李洸が他の誰も気に留めない程度の動きでつ
ま先の向きを変える。この辺でやめておけということだ。
「伯父上にお伝えいただこう。……古来より、近き国の間には縁戚が生ずることが多い。

だが、それらは、のちの争いの種となることはあっても、恒久の和平を約束するものではない。縁戚であろうと、それを理由に他国の政に口を出していいことにはならない、と。もっとも、伯父上はそんなこと先刻ご承知のことと思われるがな」

それはどちらかと言えば段響への言葉だった。華王の縁者として、華王の甥である自分たち双子を完全に下に見ている。白鷺宮《じぶん》に会うことにこだわるのも、伯父の命令でなく、本人の点数稼ぎではないだろうか。榴花公主の件をまとめれば、国内の評価を上げられるぐらいに思っているのだろう。会って、年長の親類として言いくるめて、何かしら言質を取ろうというところか。

言質を取ったなら、あとは言いふらせばいい。それで勝手に外堀が埋まる。慶事というのは民衆が勝手にお祝い気分で盛り上がるものなので、否定しにくい雰囲気ができてしまいがちだ。

もっとも、白鷺宮《じぶん》は言質を取られる気もなければ、雰囲気に乗ってやるつもりもない。

「なにを仰るか……」

段響の目が泳いでいる。どれかしら図星だったようだ。まとめて言うのではなかった。どれが狙いか、叡明なら一つを言い当てるのだろうが。

「それでは段響殿。お気をつけて帰られよ」

自分では、ここまでが限界だ。翔央は引き際を定めて玉座を立った。相国皇帝として上なのだと示すように、相手の言葉を待つことはしなかった。

壁華殿の皇帝執務室に戻ると、翔央は執務机の椅子に腰かけた。背もたれに体を預け、目の前に積みあげられた決裁書類の山を眺める。

国内から上がってくる奏上は玉石混交。だが、李洸たちが優先度の高さを考慮して、処理に回し、皇帝の目の前に積みあがる案件は、いずれも相国民を様々の方向から守るためのものだ。

きっと、国の政を預かるとは、そういうものだ。国中から集まる多くの声の中から、国民を守るために何をすべきかを決めて、実行する。

だとするなら、身代わりであろうとも、自分が考え、この国の民を守るのが必定だ。

今回の件には、華国との同盟が継続されるか、破棄されるかという相国にとって非常に重い問題が絡んでいる。考えるにしても、選択の失敗は許されない。

「……李洸、今回の件、おまえは誰が誰を狙ったと考える？」

翔央は身体を起こし、部下に指示を出している李洸の背に問いかけた。

「広場以外の皇城内を調べさせましたところ、細工をされていたのは一か所ではありませんでした。つまり、いつでもどこでもだれにでも事故は起き得たとも言えます」

　さすが李洸だった。翔央は次に皇城内を隈なく調べるように言うつもりだったが言わずとも終わっていた。

「狙う側からしても、いつどこで誰が仕掛けに引っかかるかわからないわけか。そんな確実ではない方法だから、いずれはどこかで引っかかるように配置したと。……仕掛けた者も馬鹿ではないようだな」

　皮肉のひとつも口にすれば、心覚えある者の反応を見下ろせるかと思ったが、そう簡単なことでもないようだ。狙いがわかっているからか、李洸がため息をつく。

「そのようなところで感心なさいますな。……これが榴花公主様を狙ったのであれば確かに馬鹿ではないと評していいでしょうが、狙いが別だったにもかかわらず公主様に……ということであったなら、一万回説教しても足りません」

　うっかり隣国の公主をケガさせたとなると悪戯ではすまない。相手が華国だから『ことの次第を調査せよ』で済んでいるが、これが威公主だったなら即刻戦争の可能性もある。国賓を護ることは自国を護ることでもある。

「お前のくどい説教聞かされるくらいなら、華王の前に首を差し出したほうがましだろうな。……で、その榴花公主の怪我の具合は実際のところどうなんだ？」

　これには李洸はため息で返した。

「華国よりお連れになったという医者以外に診ることは許されておりません。したがって、あちらの診断を信じるよりないのが現状です」

「あれで怪我する者がいると思ってなかったから、程度を予測するのさえ難しいな」

　叡明基準で造らせた柱でも怪我人は出るようだ。かといって、これ以上強度を下げると、ちょっとした強風でも柱が倒れてしまいかねない。それは困る。となると、今回の件は致し方なしとするよりない。

「榴花公主には、完治まで恙なくお過ごしいただきたいものだな」

　翔央は、当たり障りのない言葉を口にしてから、目を通すべき決裁書類に手を伸ばした。


　春節間近、後宮の庭の木々は花を咲かせていた。

　それを眺める一団も華やかである。国賓の榴花公主を筆頭に、威皇后、飛燕宮妃、後宮妃嬪からは高位にある許妃と周妃もいる。それぞれに賜っている宮の花紋が入った衣装をまとい、連れ立つ宮付き女官たちも着飾らせていた。

　国色旗掲揚台の柱が倒れてきたことで怪我をされた榴花公主は、回復されるまで帰国せず、相国の皇城に留まることとなった。

歓迎会は中止となったが、女性同士の交流として、皇妃たちで皇城内の案内とお茶会を催すことにした。

お茶会の件を翔央と李洸に提案したところ、二人して頭を抱えてしまった。今回のお仕事、身代わり皇后として人前に出るのはご挨拶と歓迎の宴のみのはずだったからだ。まあ、しょうがない。皇城内に滞在していることを知っていて何もしないでは、榴花公主の威皇后に対する評価に影響する。もちろん、悪いほうに、だ。それは避けねばならない。

二人は最終的に同意し、やるのならば……と多方面に働きかけてくれた。茶葉、茶菓子、茶器はもちろんのこと、卓に椅子といった調度品、飾る掛軸まで手配してくれた。すべては、文化一級国である華国の公主を前に、恥をかかぬため。ここまでくると国の意地である。

出席する皇妃も気合が入っている。皆、春節で初お披露目の予定だった衣装をここで惜しげなく出してもらうようお願いした。もっとも、それを気にしそうにない面々だけ集めた。あと、許妃《きょひ》も周妃《しゅうひ》も実家が親華派でも親威派でもないというのもあった。

許家は建国時からの臣下の家で、あえていうなら相国派。武門のため雅な華国は性に合わず、数年前停戦したばかりの威とは多少の禍根を残している。どちらの隣国とも距離を置いている。周家は相国南方の新興商家で、それだけだと南方大国である華国寄りに思われるが、宝石商の街に本拠があり、長年華国の宝石を扱う商人たちと対立している。この華国の宝石商は王家に近しい。間接的に相国周家と華国王家はお互いに相手を良く思っていない関係だ。そして、南方に本拠を構えているため、周家と威国は多方面に距離が遠いのだ。

なお、今は飛燕宮妃となった淑香《しゅくか》の呉家も許家と同じく建国時からの名家なので、相国派と言える。これらの理由もあって三家から妃位に就く皇妃を出せたのである。

ここに威国から嫁いだ威皇后。華国寄りと思われる者がいないこの状況は、なかなか緊張感ある。これで榴花公主を歓迎していると言えるのか疑問に思うほどだ。

だが、そんなことで南国の公主は暗い顔をしたりはしないのである。

「……やはり白い花が多いですのね。相国に来ていると実感が湧きますわ！」

薄紅の絹衣に白の上衣をまとった榴花公主が楽しそうに笑う。自国の色である赤系の衣に、相国の色である白の上衣を重ねている。これは、本来伝統的な異国間婚姻の正しい衣装形式だ。なんというか、ただの外交使節とは思えない気合の入りようだった。

「国都永夏《えいか》にございます城も同じように国色の花で埋まっております。……赤って目に痛いのですよ。比べて、相国の庭は白主体ですから品格を感じますね。素敵ですわ」

絹団扇で口元を隠して笑う。

「まあ、このような小さな庭だと言うのに、大陸随一の広さと豪華さを誇る華国の梧桐城《ごどう》に比べていただけるなんて光栄にございます」

微笑んで応じたのは、飛燕宮妃である呉淑香《ごしゅくか》だった。ここで威国から嫁いだ威皇后が謙遜を口にすると、相を下に見ているような話になってよろしくないらしい。なので、今回の皇城案内は、主に飛燕宮妃が対応している。

「いいえ。あの城は広いだけに闇も深い。赤は血の赤。白い花々はわらわの心身を癒してくれます。相国に居場所を得て幸せです」

まるで、もう白鷺宮妃としてこの国に居座ると宣言しているような発言だ。想像していた以上に、グイグイくる人らしい。斜め後ろの侍女がハラハラしている。

「榴花公主殿におかれましては、安住の地を決めるのが早計ではございませんか？　この都の冬は、白は白でも雪で白い。南の方には寒くて凍ってしまうかもしれませんね」

許妃が鷹揚に返す。この人はこの人で売られた喧嘩は倍額で買う。武門の血が騒ぐのだろうか。

「許妃様。白鷺宮様の妃は、主上がお決めになること。我々がここで口にするのも恐れ多いことではないでしょうか？」

やんわりと蓮珠は許妃を制する。後宮の秩序の頂点は皇后である。統制の取れた後宮であることを示すのは威皇后の仕事だ。女同士の外交においては組織力を見せることがなによりも重要である。ここで一枚岩ではないことが見えれば、相手は必ずそこを突いてくる。今だって、榴花公主はこちらを試したのだ。この場の誰が自分寄りで、誰が自分を遠ざけようとする者なのか篩《ふるい》に掛けようとしていた。ならばこちらは、そもそも篩になど掛かってやらないと示せばいい。

「相国の主上は、とても強いお力をお持ちなのですね。……華王は、時に周囲の者に足元をすくわれます。わが父王のように。どこの国でも裏で糸を引いている者がいると思ってみてしまうのは、わたくしの悪い癖ですね、失礼いたしました」

微笑みに毒気がない。なのに、その言葉は毒針のようにこちらの頬をかすめてくる。

「相国は官僚主義といえど、お決めになるのは聡明なる主上。足元をすくおうなどと思う者さえも、その掌の上に遊ばせるような方ですわ。賢明なるご判断をなさるでしょう」

舌戦では怯まないことが大切だ。蓮珠は威国から嫁いできた政略結婚の妃であっても相国の主上を信頼し、不満を持ってはいませんというのを笑みで示す。

「……よき方を主上に戴いていらっしゃるのね。うらやましいですわ」

一瞬、榴花公主の口元にやわらかな笑みが浮かんだ。だが、それはすぐに消えた。

「それにしても、この後宮はそこかしこに庭園を配しておりますのね。大きな庭園になさればいいのに。とてももったいない使い方だこと」

皮肉が榴花公主の美しさを歪める。もったいないのは、彼女のほうだ。とてもきれいな人なのに。あの人の隣に立てば、さぞかし……。

「皇后様、なにか？」

飛燕宮妃の問いに、蓮珠は視線を伏せた。

「……なにもありません。さあ、玉華園に榴花公主様をご案内いたしましょう。皇城内で最も広く花の多い庭園ですから、きっとお楽しみいただけますわ」

馬鹿なことを考えた。白鷺宮妃としての彼女を想像した。すべては、主上がお決めになること。そう自分で言ったではないか。だから、これは無意味な想像だ。彼の隣に誰が立つ想像をしたとしてもそれは無意味だと、わかっているはずなのに。

歩みだした蓮珠の横に、スッと榴花公主が並ぶ。わざわざ並ぶとは、なにかお言葉があるのだろうか。蓮珠は役人的な思考で高貴な方のほうを見た。

「あら、……なぜ、わたくしの顔をご覧になりますの、皇后様？　緊張した様子で隣に立つ者の顔を窺うなんて、下々の者のようなことをなさらないでくださいな」

それは、巣にかかった獲物を見据える蜘蛛のような視線。

一瞬も油断してはいけない。相手は、今では大陸一の権謀術数に長けた華国の公主。少しでも気を抜けば、自分の底の浅さなど簡単に見抜かれてしまう。しかもそれは、威皇后の評価になってしまう。

「文化一級国と名高い華国の公主様をご案内するなんて、緊張しない者などおりましょうか。恥をかかぬようにしなければと、そればかりを……」

蓮珠が華国相手の定番外交言葉を口にすると、榴花公主は足を止めた。どうしたのだろうかと蓮珠も足を止めると、団扇の刺繍の端から真一文字に引き結んだ唇が見えた。

しまった。蓮珠はビシッと背を正した。華国にはごく稀に『文化一級国』と称されることを嫌う者がいる。国でなく、自分が文化一級であるという意識の者がそれだ。

だが、蓮珠の考えとはまた違う方向性だった。

「……わたくしなぞたいした者ではございませぬ。政治的に意味を持たぬ身ゆえに唯一生き残った先王の遺児。あの国の華やぎからは最も遠い存在ですので」

冷ややかな言葉が場を凍らせる。公主の侍女が俯き、唇を噛んでいるところを見ると謙遜でもなんでもなく本当のことらしい。

華国の人に特有な相国をことごとく低く見るような言葉がなかったのは、それでか……と蓮珠は納得し、微笑んだ。

「それでも貴女の所作に、貴女の言葉に、わたくしは気品を感じます。人はどこにいるかでなく、どうあろうとするかで決まるのではないかと思うのです。ですから、榴花公主様は間違いなく華国公主としての品格をお持ちです」

上級官吏は、相国の平均的な生活水準からすると優雅な暮らしをしていることが多い。文人も多く、普段の食事、衣服、家の調度品、詩歌を嗜む趣味など一家言ある者もいる。それでも、官吏は官吏だ。高貴な方とはやはり根本的になにかが違う。

榴花公主が自身で言うように、先王の遺児として華国の貴族文化から遠ざけられていたというなら、いま彼女が身に着けている『公主らしさ』は、すべて彼女自身の努力によるものということだ。貴族文化を貴ぶあの国でそれは並大抵の努力ではなかっただろう。

「とても憧れてしまいます」

長い時間をかけて身に着けてきた本物の品格。付け焼刃の身代わり皇后でしかない蓮珠にはとうてい持ち得ないものだ。

口元を絹団扇で隠し、榴花公主はしばし沈黙した。蓮珠の言葉の真意を探ろうとしているようにも見えた。だが、小さくフフッと笑って、絹団扇を傾ける。そこには、極上の笑みがあった。

「……皇后様からそう言っていただけるなんて、とても喜ばしいことですわ。では、白鷺宮妃となったのちは、後ろ盾になっていただけますわよね？」

どうして、そうなった？　思わず蓮珠は、淑香のほうを見た。だが、彼女は小さく首を振っただけで何も言ってはくれない。

「わたくし、白鷺宮様に嫁ぐために相国に参りましたの。これが、華国が相国との同盟を継続する条件にございますもの、よろしくお願いしますね、義姉上様」

笑い返すことなどできなかった。自分が望み、彼からも望まれた。でも、許されなかった。手にすることのなかった未来を、目の前の女性が無邪気に語る。そのことを、どう自分の中で処理していいのかわからない。

「……後ろ盾のお約束はできません。わたくし自身、後ろ盾のない身ですから」

威皇后には、懇意にしている派閥がない。親威派とも距離を置いている。頼るべきは、主上のみ。そう決めているのだ。

「……出過ぎたことを申しました。お許しください」

榴花の謝罪に、蓮珠はただ微笑んで見せる。まだ、胸の奥にモヤモヤとしている部分がある。皇后としての、適切な言葉を発することができそうにない。

「後ろ盾という言葉で思い出しましたが、侍女を一人お貸しいただきたいのです。かつて、今上の母后様にお仕えした華国出身の者になります」

桂花《けいか》のことだろうか。蓮珠は、双子の乳母を思い浮かべたが、続いて出てきた名に驚きを隠しきれなかった。

「朱黎明《しゅれいめい》という女性です」

それは、今は亡き蓮珠の母と同じ名だった。ただ、蓮珠は母が朱氏であったかどうかはわからない。母は実家との縁は絶たれているからと、実家の姓を使うことがなかった人だから。

「朱景の縁者でもあり、頼れる女性だと聞いているので、滞在中だけでもお願いできればと思いまして」

母と朱景は縁者かもしれない。ということは、朱景と自分も縁戚関係ということになる。

「わたくしから、古参の女官に尋ねておきましょう」

蓮珠は慎重に答えた。

どうやら、榴花公主もその侍女も蓮珠の母の死を知らないようだ。

もし、母を探す目的が、身の回りの世話などではなく、ある人に託された赤子の行方を聞き出すことにあったなら……。

容易く親類として手を上げるべきではない。本当に親類なのか。親類であるなら、どうして、母の死を知らないのか。本当の目的は、何なのか。見定めるべきことはたくさんある。

「名前以外に、探すのに役立つような特徴はなにかありますか？」

蓮珠が皇后として榴花公主に尋ねると、彼女は斜め後ろに控えていた侍女を振り返った。

「その……強い女性のはずなので、たぶん名前だけでも探せるのではないかと思います」

朱景はまた緊張しているのか、声が幾分掠れていた。

「朱家は昔から女性が強い家で、その中でも、朱黎明は格別に強かったと、周囲から聞かされてきました」

朱景によると、朱黎明は女性が強いと言われる朱家の中でも特に強い女性だったそうだ。

先王の代、相に輿入れする公主について華を出てゆき、そのまま相国で見つけた相手と結婚し、華に戻らなかったという。蓮珠は、幼い頃に何度か似たような話を聞かされたことがある。これは、やはり自分の母のことのようだ。

「聡明で美人で男前、五人の姉たちは憧れの女性だと口をそろえて言っておりました」

そんな人が相に行くことになったのは、当時の王太子にお酒の飲み比べをして勝ってしまったから。勝負して、五戦五勝。意地になった王太子は、代理人を立ててさらに五戦。結果は同じく朱黎明の五勝に終わった。恥をかかされた王太子は、朱黎明の処罰を父王に訴える。これを聞きつけた朱黎明は、朱家全体が罪を問われる前に、自ら公主に付き従って相へ行くと宣言、まんまと華から逃げおおせた。

当時の相は、華にとっては同盟が成立して間もない格下の国で、文化水準が低く、誰も行きたがらない国だった。だが、華の意地としては相に恥ずかしくないような一定の教養を持った者を送り出したかった。これに適任な黎明が志願したのだから、文句をつけずに送り出すだろうという目論見が当たった。

「いいじゃないですか、そういう女性なら、あたしもお会いしたい」

許妃が楽しそうに笑うも、蓮珠は耳を塞ぎたくなった。王太子と飲み比べをして、遠慮なく勝ってしまう。こちらは母から聞いたことのない話だが、似たようなことは酒房に買い付けに来た商人とやっていた。ああ、もうこれは、母の黎明で間違いない。

「実は朱家はすでに誰も残っていないのです。……ですから、唯一の血縁に、ぜひともお会いしたくて」

茶器が手から零れ落ちた。

「皇后様?」

「す、すみません。聞き入っていたものですから」

拾おうとする指先に力が入らない。

「申し訳ございません。このような話はお茶の席ですることではありませんでした……」

朱景も慌てて、転がった茶器の蓋を拾う。卓の下、指先が触れ、目が合う。蓋頭の布はあれど、確実に視線が交わった。

「じゃあ、朱景が榴花公主様と一緒に相に来たのは、その親類を頼るいい機会だから？」

許妃が軽い調子で、かなり突っ込んだことを尋ねる。

「いえ、そういうわけでは……。私は公主様のものです。公主様のおそばを離れることはありません。ただ、会ってお話がしたいだけです」

「たしかに興味深い方のようですね。わたくしもお会いしたいものです」

蓮珠は椅子に座りなおし、呟くように言った。会えるのなら、もう一度。蓮珠は心の中で繰り返した。幼い頃、なんとはなしに明日も続くだろうと思っていた日々は、突然壊された。焼失した故郷に墓はなく、唯一邑があったことを示す石碑には、邑の者の名は刻まれていない。父は村の出身者で父方の縁者もだれ一人残っていない。

ああ、そうか。蓮珠は蓋頭で隠した表情をゆがめた。蓮珠にとっても、朱景は唯一残された血縁だ。だが、それをこの場で明かすことは叶わない。

もし、叶うなら、陶蓮珠として、朱景と話したい。縁を断った、そう言いながらも、時折南の空を眺めていた母のことを、話せたらいいと、そう思う。

「あら、招いていない方々がいらしたようね」

扉に一番近い場所にいた周妃が言う。同時に室内に緊張が走った。この場の面々は、政治的偏りがないから選ばれた。威皇后でさえそうなのだ。逆に言うと、これからここに入ってこようとしているのは、政治的に偏った立場にある人物ということだ。

「華国の公主様を招いてのお茶会が行なわれているというのは、こちらかしら？」

入ってきたのは、桂花の花紋が入った襦裙姿の羅充媛《らじゅうえん》。羅家は、親華派に属している。自分こそが華国から来た公主の近しい皇妃だと主張したいのかもしれない。一緒に連れているのは、皇妃の衣装には海棠の花紋が入っているので側女の地位にある妃嬪だ。羅充媛と一緒にいるところを見ると、同じ親華派の家柄なのだろう。

「そうだとして、なにごとでしょうか。お招きした記憶はございませんけど」

飛燕宮妃となった淑香がお茶会の主催者として、招かざる客の対応に椅子を立つ。

今回のお茶会の提案は蓮珠だったが、華国にとって国交のない威国の名を冠していることから、主催は飛燕宮妃になっている。このことからもわかるように、このお茶会を行なうにあたり、相国側はかなり気を使っている。

「我が羅家は、華国と親しくさせていただいております。このような場を設けるのでございましたら、まず一番にお声がけくださらないと困りますわ。飛燕宮妃におなりになったった途端、呉氏様は色々とお忘れになったのでは？」

この方の、場を考えない発言は、どうにかならないものだろうか。隣国の公主の目の前で自身の存在感を示すよりも、自国の心証を悪くするかもしれないことへの想像力を発揮していただきたい。蓮珠は両手で頭を抱えたくなった。

「桂花紋……。ああ、羅充媛様ですわね。存じております」

微笑んで榴花公主が椅子を立った。彼女が自分を知っていることに、羅充媛は満足そうに茶会の席を一瞥する。

だが、蓮珠は榴花公主の表情から、この先を口にするだろう内容を読み取り、今度は両手で耳を塞ぎたくなった。

皮肉を言う時、双子は同じ顔をする。そして、どうやらそれは、華国の血筋によるものらしい。榴花公主も同じ顔をしている。

「白鷺宮妃になりになれなかった方のお一人ですよね」

皮肉が来るのはわかっていた。だが、蓮珠の想像以上だった。場は静まり返るを通り越し、完全に固まっている。凝固である。

「わたくしが白鷺宮妃となりましたら、羅充媛様は義姉におなりになるのですね。不出来な義妹ですが、どうかかわいがってくださいまし」

こういうのを慇懃無礼というのだろうか。これは、どう対処したらいいのだろう。蓮珠が、ほかの面々の表情を窺おうと目を動かした視界の端に、見覚えある黒の襦裙が入ってきた。

「まあ、冬の終わりの庭園で、一番に華々しい場なのに、ずいぶんと寒々しいことになっていらっしゃるようね」

「威公主様！」

新たな人物の出現に、室内の固まった空気が動き出す。そのことに安堵したもつかの間、蓮珠の背後で、新たな問題が芽吹いた。

「威……公主？」

榴花公主の目は、新たな獲物を前に、かすかな喜色を帯びていた。

後宮の序列は厳格であり、皇后は下位の妃嬪に命令することができる。だから、どう思われるかはともかく、蓮珠は羅充媛とその取り巻きにはとりあえず帰ってもらうことにした。榴花に言われたことが原因か、引き際は速やかだった。もしかすると、威公主の登場に、波乱を予感したのかもしれない。なんであれ、こちらとしては、助かる。

威公主は、榴花公主と同じく隣国の公主である。相の立場として、威と華の二国間に優劣はない。そのため、威公主が榴花公主とのお茶会に同席するとこの場で言ったなら、止めることはできない。蓮珠は、淑香と顔を見合わせ、互いに頷くと、すぐに威公主の席を用意させた。

「改めてご挨拶させていただくわ。威国黒《こく》部族の首長が娘、国では黒公主《こくこうしゅ》、相国では威公主で呼ばれております」

部族の集合体である威国は、国の長を首長と称し、個人は部族の色を冠して呼ばれる。白部族の出である威皇后は、国では白公主と呼ばれていた。

「お初にお目にかかります。華国先王の娘、今上より榴花園を賜り、榴花公主を称しております」

榴花公主は、挨拶する威公主を一瞥した。わずかな間のことだったが、ただ、何かを探っている様子が視線の動きでわかる。

「威公主様のお噂はかねがね。……相国にお留まりのご用件は、高貴なるご兄弟に、姉妹でお仕えするためだという話がありますが、真相はいかがなのかしら？　……見たところ、白鷺宮様のお好みに寄せているようには思えませんけど」

さっそく榴花公主が切り込んだ。この方は見た目が花のようにたおやかでお美しいが、やることと言うことは磨き上げた剣のように鋭い。

たしかに、威公主には、威が相に送り込んだ二人目の皇妃、あるいは皇弟の宮妃として嫁がせる腹積もりで、相に来た。そういう噂があった。

だが、噂であって真実ではない。威公主にその気が全くないことを蓮珠は良く知っている。彼女は、同部族の異母兄である黒太子に嫁ぐと決めている。戦いで強いことがすべてに優先される威国で、次期族長の最有力候補とされる黒太子に嫁ぐには、威公主本人が強くなくてはならない。その強くなるための師をお願いしたのが異部族異母姉の威皇后だった。簡単に言うと、威公主は強くなるための花嫁修業で相に来ているだけだ。

これが許されるのには、需要はあるのに威国ではなかなか手に入りにくい小説を買いあさっては、国へ送っているため、威国の宮城の女性陣から絶大な支持を得ているからだという。

それより、『白鷺宮様のお好み』とやらがあったのか。こんな時なのに、なんとなくその言葉に反応してしまう。口にした以上は、榴花公主のお姿は、白鷺宮様のお好みなのだろうか。

「ご自身の目の確かさを信じることね。あてにならない話に踊らされている余裕など、あなたにはないはずでしょう。……の公主様？」

威公主が榴花公主の耳元に何かを囁いた。瞬間、榴花公主の顔色が変わる。

「……」

その後は、榴花公主の発言が当たり障りのないものになり、穏やかなお茶会となった。

南北公主の攻防、いや、優雅な睨み合いは一応威公主が勝ちを収めたようだ。

「思った以上に好戦的な方ね。これは例の噂も信憑性が高いかもしれないわね」

お茶会が終わり、榴花公主に続き威公主を見送ろうとしたところで、威公主がため息とともに言った。

「噂とは？」

威公主は周囲を見て、お茶会提案者の威皇后と主催者の飛燕宮妃を手招きした。

「榴花公主様のこれからの行動には細心の注意を払ったほうがいいわ。皇城内であの方に何かあれば、華が黙っていない」

それはそうだ。国色旗の掲揚台の柱が倒れてきた件の犯人は、まだ捕まっていない。今後も榴花公主を狙う事件が起きる可能性はあるし、そうなれば、華国が黙ってないのは当たり前のこと。それこそ噂のネタになるようなことだろうか。蓮珠が了解したと頷こうとしたが、威公主はさらに声を潜ませて言葉を続けた。

「華は、そうなることを望んでいる。同盟の継続で、相に対して優位に立つことが本当の狙いだから……って噂よ」

蓮珠は息を飲んだ。たしかに、相国内で、しかも皇城内で榴花公主に何かあれば、責められるのは相国側になる。詫びを入れることは必須となり、時機からして同盟の内容に影響を及ぼすだろう。

相華同盟は、長く相国にとって不利な内容になっていた。北で威国との国境争いを続けてきた相では、華から入る良質な武器が生命線だったのだ。この武器提供は相華同盟の主軸で、相側は見返りとして、特産品である絹、茶、銀をほぼ華に言われるままに出していた。だが、威との戦争も終わり、武器は最低限あれば良くなった。同盟の破棄は問題外だが、多くの相国官吏が条約内容の見直しを考えているのも事実だ。華の動きは、それを察して起こされたのだとしたら噂でなく事実だろう。

「皇城内にいらっしゃる間は、誰かしら付き添っているほうがいいかもしれないですね。被害に遭うとしたら、誰にも見られない場を狙うでしょうから」

蓮珠が言うと、淑香がうなずく。

「それでしたら、許妃様、周妃様にもご協力いただきましょう。皇后様に、私、許妃様と周妃様の四人いれば、交代でご一緒することも可能でございましょう」

淑香の提案に賛同したいところだが、蓮珠は極めて遠慮がちに言った。

「……呉氏様、申し訳ございません。今回、わたくしは人数に数えないでいただけますでしょうか？　主上と李丞相から、こちらに来るのは最低限必要な時だけと言われておりますので」

これには、淑香だけでなく、威公主も驚いた顔をする。

「なにやらかしたの？」

「……どちらかというと、なにかやらかさないためです」

やらかした時に身を護るものがない。だから、やらかさないことが大事なのだ。

翔央と李洸の考えでは、蓮珠の場合、身代わりだろうが官吏だろうが、なにかしらやらかすのは、ほぼ確定事項なので、威皇后の姿でやらかさないように、できる限り威皇后の姿でいないようにするのが、安全策ということだった。

「そうですね。陶蓮殿は本来、紫衣の官吏なのですから、常日頃から重責を担っているわけです。本来の職分以外で負担をかけるわけにはいきませんね」

淑香は好意的に納得してくれた。ありがたいことだ。

「では、私のほうから許妃様と周妃様にお話をします。あと、李洸殿にも話をしておきますね」

決意新たに離れていった淑香の背を見つつ、蓮珠は威公主に尋ねた。

「さきほど、榴花公主様に何を囁かれたのですか？」

「……それは言えない。ワタクシが知っているということだけ、あちらに伝わればいい類のものだから」

まあ、威公主の切り札ということなのだろう。気になるが、仕方ない。ならば、最後に言っておかなければならないことは一つだ。

「あの……このたびは、あの状況に入ってきていただき、大変助かりました」

威公主のことだ。あの凍りついたお茶会に入ってきてくれたのは、偶然ではなく、状況を見かねてのことだろう。

「そうね、盛大な愚痴を言いたいところだけど、人に聞かせたくないから、やめておくわ。威宮に戻ってから、威国語で叫び散らしてやるんだから」

それでも耐えきれなくなったのか、威公主は威国語で叫んだ。

『本当になんなの、あの華国って国は！　もし、威国内で開かれたお茶会だったら、すぐさま決闘よ！』

さすが戦闘騎馬民族の国。お茶会からすぐ決闘はなかなかない発想だ。

『……お怒りごもっとも』

蓮珠が威国語で同意を示すと、威公主は深呼吸を一つした。それで幾分かはスッキリしたらしい。

『まあ、いいわ。……実際の華がどういう国かこの身でわかっただけで充分よ。いずれ、威も華と関わる日が来るでしょうから、覚えておくわ』

さすが未来は一国の長の妃となる覚悟のある人の言葉は違う。

『とにかく陶蓮は気をつけてちょうだい。最悪なのは、皇城内で威皇后が榴花公主になにかしてしまうことなのだから』

恐ろしいことを言う。威華の争いの要因にこの国が使われるかもしれないと言うことだ。

『そうなれば、相は威を遠ざけざるを得ない。広大な中央地域を挟んで大陸の南北に位置する威と華では直接戦争にはならない。だから、相に威と戦争させる。華の最終目的は、相から好きなだけ茶や絹が送られてくる機構に戻すことだとワタクシは考えているの』

戦って自分が死ぬ、もしくは大切な誰かが死ぬ。それが嫌だから戦争はしたくない。そう思う人はたくさんいる。だが、その一方で、金を出して他人に戦わせ、戦利品を回収する。そのために戦争を必要としている人も少なからずいるのだ。他人の命で自分の富を増やす、そういう人がいる。

『華がどこまで考えて今回の件を仕掛けてきているのか、見定めさせていただきます』

蓮珠はそう言うと、誰も見ていないのを確認してから威公主に深く一礼した。

第四章　紅華、白に溶ける

蓮珠が、玉兎宮の庭で宵の明星を眺めていたところに、主上が訪れを知らせる声が聞こえた。

蓮珠は今回も侍女としてついてくれた桂花と紅玉の手を借りて、衣服と髪型を整えてから、主上をお迎えする。

「くつろげる話ではなさそうだな。例の茶会でなにかあったのか？　子細を話せ」

蓮珠の顔を見るなり翔央が言って人払いをする。

察しがいいのか、自分が顔に出やすいのか。榴花公主に言われたことを併せると、後者のような気がする。そうであれば、自分は身代わりに不向きだと言わざるを得ない。生まれた時から国の中枢で腹の探り合いをしてきた人たちの目は誤魔化せない。

「お茶会が始まる前の段階から榴花公主様との応酬がございまして、さらにご招待していない羅充媛《らじゅうえん》様がいらっしゃって……」

蓮珠は用意していたお茶を長椅子に腰を下ろした翔央に出すと、お茶会で起きた出来事を話した。

「羅充媛か……。まったく頭の痛いことだな。だが、早々に引いたというなら、今回は目をつぶるとしよう」

本来であれば、国賓に不快な思いをさせた妃嬪には、皇帝と皇后が直接罰を与えなくてはならない。今回それをしないのは、さっさと引いたからというより、そこに時間を割いている場合ではないからというほうが近い。

「問題は、今回の件が、威公主が聞きつけた噂どおり、華の自作自演だった場合のことだな。それでは当然真犯人は捕まらないだろうし、こちらがどうにもならなくなったところで、自分たちが用意した証拠を出して落としどころをつける……という筋書きか」

翔央が難しい顔でどこかを見ている。思考を巡らせているようだ。その横顔を見つめていると、かつてあった距離に戻れたような気がしてくる。

「何事も起こさせないことが肝要かと思い、皇城内では飛燕宮妃様、許妃様、周妃様のどなたかが付き添っていただけるようにお願いしました」

「なるほど。では、李洸には俺から話しておく。榴花公主が皇妃の活動範囲外へ出た際にも、信頼のおける者を付き添わせるようにしよう」

翔央は基本的に即断即決の人で、すぐさま椅子を立つと、人払いで少し離れた場所に待機させていた皇帝付きの太監を呼び寄せ、李洸を金烏宮に呼び出すよう命じた。

「他に何か引き継いでおくことはあるか？　これで一旦、家に帰るのだろう？」

長椅子に戻った翔央に問われ、蓮珠は小さく首を振った。

「いえ、明日も後宮勤めです。妃嬪の定例茶会がございまして、皇后主催となっておりますから出席しないわけにもいきません」

後宮では七十二候の区切りに合わせて後宮の妃嬪が集うお茶会が催される。妃嬪間の交流という優雅そうな目的が掲げられているが、実際は後宮の朝議とも言われ、事務連絡や話し合いに終始する。明日には、大寒も次候に入り、今年も残り十日ほど。いよいよ春節の準備に忙しくなるため、春節を迎える際の注意事項や実家に下賜の品を送る手続きについてなど伝えるべきことも多い。

「気をつけろよ、羅充媛が文句を言ってくるだろうから」

「どうでしょうか。羅充媛様にも皇妃としての矜持がございます。他の皇妃様方に、榴花公主様から侮辱を受けたなんて知られたくないだろうと思います。事実、噂が瞬く間に広まる後宮で、半日経ってもまだ誰もあのことを口にしていません。妃位のお二人が他言しないのは当然としても、羅充媛様側も口を閉ざしていらっしゃるのだと思いませんか？」

翔央は、感心したのか瞑目して頷く。

「そうか、あの方にも冷静な部分というのがあったのか。これは新たな発見だ。なら、問題あるまい。ちょうどいい。威から一足早い新年の挨拶として、東方の珍しい茶葉をいただいた。せっかくだ、明日の茶会に届けさせよう。せめてうまい茶を楽しんでいってくれ」

どうやら皇后の労をねぎらってくださるらしい。

「主上のご恩情に感謝いたします。妃嬪を代表して、心よりお礼申し上げます」

蓮珠は、長椅子を降りて皇帝の前に跪礼した。

「俺のほうこそ、皇后の恩情に甘えさせてもらっている。いつも感謝している。さて、李洸を呼び出した手前、金烏宮に戻らねばならない。……ではな」

言って立ち上がる翔央の、そのやわらかな微笑みの中に、わずかに浮かぶ皮肉の色。皇帝と皇后の身代わりとして、そらぞらしい言葉のやり取りを重ねている。それでも、時折思い出したように、皮肉や自虐が表面に浮かび上がってくる。

女官の先導で玉兎宮を去る背中を蓮珠は無言で見送った。


身代わりも問題なく終わる……わけがなかった。

皇后主催の定例お茶会後も、蓮珠は玉兎宮に留まることとなった。本当なら壁華殿に駆け込みたいところを、皇后の立場を鑑みて、手紙を送り、皇帝の訪れを待つよりなかった。もっとも報告の内容が内容だけに、どこで話すのであれ、人払いは必須なのだが。

「つまり……どういうことだ、皇后よ？」

蓮珠の報告を受け、翔央が表情を険しくした。

「つまり、後宮に来たばかりのころにわたくしが受けていたような嫌がらせを、榴花公主様も受けていらっしゃるということです」

話が出たのは、本日の皇后主催定例お茶会の席でのことだった。

皇后からの定番の質問である『なにか困っていることはありますか？』に、後宮東側の宮を居所とする才人から、廊下の汚れを何とかしてほしいとの要望があがったのだ。詳しく聞いたところ、お茶会に向かう途中、廊下に泥がまかれていて、一旦来た道を戻らなければならなかったので、清掃をお願いしたいという話だった。ところがこれに、別の妃嬪から『虫の間違いでは？』との声があがった。こちらの話もよくよく聞いてみると、彼女の場合は大量の虫が行く道を塞いでいたらしい。場所は先の話にあった泥廊下とは、また別の廊下だった。さらには、木の枝が積み上げられていた、廊下の一部に砂が撒かれていたといった話までも出てきた。

「大至急、内宮総監を通じて、総動員で後宮内の隅々まで確認させましたところ、合計五か所に障害物が置かれていました」

汚泥に始まり、這いまわる虫たち、積み上げられた木の枝、撒かれた砂、極めつけに丸太で道を塞がれていた。これは、さすがに各宮付きの宦官女官だけでは対処しきれない状況なので、宮付きでなく管理側の人員も出してもらえるように、後宮管理側の最高位にいる高勢《こうせい》に協力を依頼した。

「お茶会では、それで話が終わったのですが、宮に戻りまして、後宮図に障害物が置かれていたところを記していて気付いたのです。これらの廊下を塞がれると迂回することも難しくなる位置に、榴花公主様がご滞在の宮があると」

今回の身代わりは、皇后必須の場に出る以外は、極力皇后は表に出ないというのが、基本方針だ。そのため、玉兎宮で暇を持て余した蓮珠は、例のごとく最新版後宮建物配置図を作成していたのだ。

初回作成時には、李洸からお叱りをくらったうえ、取り上げられたものだが、皇帝や後宮警護隊など、ごく一部で大好評だったため、また作っていたのだ。

「榴花公主が狙いだとして、……犯人に心当たりは？」

蓮珠が渡した最新版の後宮建物配置図を見ながら、翔央が呟く。

「証拠がありません。明言は避けさせていただきます。また、世話役をお願いしている太監に確認しましたが、榴花公主様側から特に抗議を受けていないとのことでした」

足の怪我の療養で滞在しているのだ、用件がなければ出歩くことはないだろう。榴花公主側から言われてから対処するような事態にならなくて正直良かった。

「昨日の今日だ。……とびっきりの心当たりがいるんじゃないのか？」

翔央が建物配置図の端から顔を覗かせる。

「汚泥と虫と木の枝までなら、その方の名を出してお調べいただけるよう願い出ますが」

直接名は出さずに話す。今回の件は、なんとなくの犯人像さえも結べていない。どこなら無関係だから話をしていても大丈夫だろうとはならない
皇后の居所である玉兎宮も例外ではない。皇后は相に嫁ぐ際、威から従者を連れてこなかった。そのため、彼女の身の回りの世話をしている宮付きの太監だけでなく、宮付き女官もすべて相が採用した者だ。叡明や李洸の命令で威皇后に仕えている者もいるが、それだけで揃えられるほど、今上帝の政治基盤は確立していない。それでも威宮は、まだ宮付き女官数名で動かせたので、問題なかったが、皇后の宮である玉兎宮ではそうはいかない。

皇后には、威妃時代とは比べ物にならないほど、人員が必要になる。

衣装を着るだけでも数名の専門女官がいて、そこに本日の装飾品を選んで、見目がいいように配置する専門女官が入ってきて、同時に髪型を整えるためだけに三人の専門女官が奮闘する。顔の化粧に至っては、基礎部分担当と色味を加える担当とがそれぞれ五人ずついるのだ。

さすがに主上が玉兎宮を訪れれば、退室するが、それ以外は部屋ごとに数名の女官が常についている状態だ。今だって隣の部屋には、女官が控えているはずだ。

蓮珠の身代わりを成立させるため、常に紅玉と桂花という二人の女官に付き添ってもらい、ほかの誰かが必要以上に蓮珠に近づくことを抑えている。

それでも、少し離れた位置に控える女官が、どこの派閥の手の者なのか細心の注意を払って会話しなければならない。

翔央は玉兎宮に来ると、まっすぐに寝室のある部屋へと進む。寝台と長椅子の置かれたこの部屋が、一番人を遠ざけることができるからだ。

そのうえで、今回のような件では個人の名を極力出さないで話す。

「お前の言うとおりだ。……丸太なんて、嫌がらせで調達できるようなものじゃないだろう。後宮にだって木々はあるが、伐採なんてしていればさすがに目立つ。かといって、外から持ち込むのは無理だ。門で止められて終わりだ」

翔央も廊下に置かれた障害物を、羅充媛の命令によるものとは思っていないようだ。建物配置図をたたんで、卓上に置くと、長椅子の背にもたれて天井を仰ぐ。

「国色旗掲揚台の柱が倒れた件と同じだ。一本道の両脇に等間隔で置かれた掲揚台の柱に、だれがいつ、怪しまれもせずに細工ができたんだ？　虎継殿は、朝議が行なわれる奉極殿の真裏だ。警備が常に目を光らせているというのに」

翔央が眉を寄せる。隣に座り、蓮珠も眉を寄せた。

「そういうことなら、後宮の廊下も常に人がいるわけではないのですが、人気のない場所ではないんですよ。そもそも国賓にご滞在いただいている杏花殿《きょうかでん》の周辺なのですから、皇城でも隅のほうとか閉鎖区域とかではないわけで」

蓮珠の言葉に、翔央が今度はため息をつく。

「まいったな。『誰が』も『どうやって』も見えてこない。……そもそも、我が国の者で、榴花公主に……というより華国に、ケンカを売る度胸がある者なんているのか？」

相国民は、約五十年前の相華同盟成立以前から、華という国にあこがれをいだいていた。大自然河川と張り巡らされた運河とを使い、国土の隅々まで豊かさが行き届いている国。大陸でもっとも文化的洗練された国。親威派でさえ、華国を下に見ているわけではない。

「ケンカを売っているというより、遠巻きな嫌がらせや脅しの類ですね。直接痛めつけるとかじゃなく、なにか場に仕掛けているだけですから」

「それでとどまってもらわねば困る。華は、同盟継続に難色を示し、我が国に条件を突きつけてきている。そんな時に榴花公主に何かあれば、同盟破棄は必定だ」

翔央が長椅子から腰を浮かせた。

「状況は把握した。今回、おまえがここにいる時で良かった。後宮の大規模な清掃活動では表側に報告が上がってこないからな」

翔央の言うとおりだ。廊下に障害物が設置されていたが、妃嬪の幾人かが迂回することになっただけで、それ以上のことは起きなかった。後宮太監たちの性質からすれば、ちょっと手間のかかる清掃作業を行なっただけのことで、報告に値しないと判断するだろう。

そうなれば、この話は、よくある後宮の女性のいさかいの一種で終わってしまう。

「……李洸に調べさせるから、おまえは安心して表に戻ってくれ」

翔央がことさら小さな声で、仕事の終わりを告げた。

「はい、主上」

蓮珠にできることはここまでだ。翔央の前に跪礼する。

「表に戻れば、おまえは行部官吏だ。……くれぐれも、首を突っ込むなよ？」

少しからかうように言うから、蓮珠は一応反論しておく。

「突っ込みたくて突っ込んだことなんてありませんよ。いつだって、突っ込む羽目になる状況が、勝手に至近距離で発生するんです」

そう考えると『遠慮がない』のは、蓮珠でなく、至近距離で勝手に発生する面倒な状況のほうではないかという気になってくる。理不尽な話だ。

「それと、翔央様。その手の状況というのは、起こらないだろうと油断したところに出てくるものですよ」

二人の間に沈黙が流れる。特に近づいてくる足音などはない。

「…………思わず扉のほうを見てしまうだろうが。臓腑が冷えることを言うなよ」

「これまでがこれまでですから。でも、今回は大丈夫そうですね。これで安心して、行部で春節の準備に集中できます。……まあ、そっちのほうがまったく安心できない状況なので、なにかに首を突っ込んでいる状況ではないかと思われます」

最終的に中止になってしまった華の使節団歓迎会だったが、当日直前、大半の出席者は会場入りしていたという状況で、料理も酒も出していた。それらは、春節の儀礼で西王母に捧げる祭祀膳のためのものが含まれていた。行部が各所に調整して集めて、蔵に保管していたものだっただけに、もう一度集めなおしとなると、部署として色々厳しい。

「すまないな、そちら側も安心できるようにしてやれなくて。皇弟といっても本職武官の身では顔の利く場もたかが知れている」

跪礼したままの蓮珠の耳元に顔を寄せ、翔央が言った。思わず、彼の顔を見る。

今回の身代わり中は、二人ともどこか意識して距離を取っている感じがあった。それが、終わるときになって、これほど近くにくるなんて。

間近に見る翔央の顔に皇帝の仮面はすでになく、作った冷たさが消えた目には、やわらかな光がある。無条件に自分を見守り、許し、包み込んでくれる瞳だ。

この瞳に、安堵してしまう。大丈夫だと思ってしまう。甘えていいのだと身をゆだねたくなってしまう。託されたものを忘れ、失った故郷を忘れ、都で生き抜くための頑なさを忘れてしまいそうになる。

どんなに抑えようとしても、口元が緩む。目元に力が入らなくなる。胸の中で氷結させた想いが、溶けて染み出す。

「…………なんて顔、させるんですか？」

翔央の瞳に映る自分を見て、蓮珠は、つい責めるような言葉をつぶやいていた。力の入らぬ目で睨めば、翔央が額に額を合わせてきた。

「お互いに、な」

近すぎて閉じた瞼に、唇がそっと触れて離れる。

それは、一種のおまじないだ。大陸でも南のほうにだけ伝わっているもので、蓮珠は母から聞いたことがある。母親が幼い子どもに、悪い夢を見ないようにするものだ、と。

そういえば、同時に、『もし、大きくなってから男の人にされたなら、ちゃんと考えて返事なさいよ』とニマニマした顔で言われたが、肝心のちゃんと考える内容は教えてもらっていない。なにをちゃんと考えるのだろうか。

翔央の母后も蓮珠の母と同じ華の出身。ということは、翔央は、母から教えてもらっていない『ちゃんと考える内容』を知っているのかもしれない。

「えっと……、ちゃんと考えて、返事……します」

ここは、こう答えるよりない。あとで、誰かに聞いてみよう。

蓮珠は、吸い込まれかけた視線を外し、小さく返した。

「そうか。……ちゃんと待つ」

翔央は満足そうに笑うと、体を離し、再び皇帝の顔を作った。

「威から新年の挨拶として頂いたものは、茶会に出した茶葉以外にもある。使えそうなものがあれば、使うといい。管理担当の者には、俺から言っておく。……おまえたちには普段から負担をかけているんだ。せめて、それくらいはさせてくれ」

それはありがたい申し出だった。

「心より感謝申し上げます。皆、心安く春節を迎えることができます」

蓮珠は平伏した。その頭の上から、穏やかで、少し皮肉の混じった声がする。

「そうか、そちらも安心させられたなら良かった。……まあ、こちらは春節を待つだけの身だからな」

きっと、あの一番双子が似ているときの表情をしているだろう。そして、それは、榴花公主も浮かべていた表情。遠縁でも似るのだとしたら、朱景と自分も同じような表情をすることがあるのだろうか。ふと、そんな考えが蓮珠の頭をよぎった。

壁華殿は、今上帝がまだ喜鵲宮の名で呼ばれていたころの居所で、今では皇帝の執務室が置かれている。この部屋には、三丞相筆頭の李洸とその部下数名、そして、致命的悪筆の今上帝に代わり、決裁署名を行なう翠玉《すいぎょく》が詰めている。

叡明の不在中でも、皇帝がここにいる必要があるため、翔央は一日の大半をここで過ごすことになる。身代わり初期には、空いている時間を武官に戻って調練に出るなど、本人としては気分転換ができたのだが、今回は華の使節団への対応として、白鷺宮は武官としての任地に居り、都に呼び戻しているところ……ということになっているため、白鷺宮として歩き回るわけにもいかない。

そんな翔央の壁華殿での主な仕事は、決裁案件を戻す部署ごとに振り分けることだったりする。

「おお、北のほうは、河川整備の奏上が多くなってきたな。ようやく陸の整備が終わったということか。いいぞいいぞ……」

春節間近のこの時期になっても各地方から回ってくる奏上は多い。地方でも北の威に近い地域は戦争の爪痕が深く、壊れた建物、荒らされた畑、ふさがれた山道などの整備が奏上内容のほぼ八割を占めていた。

翔央の言葉に李洸の部下の一人が大きく頷く。

「今上帝の御代に入り、北の地方の整備は最優先で行なわれてきました。これで河川が整えば、水運を利用して都や南の地方とも商業的に繋がりを確保できます。結果、国内の経済がますます発展するのではないかと期待しております！」

「侯利《こうり》、嬉しそうだな？」

彼は李洸の下で国の財務改善計画を推進している若い官吏だ。まだ二十代前半だが、天才的頭脳と情熱を併せ持ち、皇帝の覚えもめでたい。

「はい。自分は北のほうにあった邑の出身ですから、北の地方復興は悲願です」

翔央としても、蓮珠と同じく戦争孤児から官吏になった人物のため、侯利のことをやや贔屓目に見てしまうところがある。

「そうかそうか。険しい山が多い地域だ。水運が使えるようになれば、陸路では運ぶのが難しいものも容易に運べるようになる。期待が膨らむな」

同意を示したところで、別方向から鋭い声が入ってきた。

「ご機嫌ですね、主上？」

李洸は糸目のせいで常に笑顔のように見えるが、その実、笑っていることなどほぼない。

今も言葉の後ろに『違和感出るからやめていただけますか』という声にならない声の圧を感じさせてくる。

「すまない。ちゃんと手を動かす」

反省を示すように書類の仕分け作業を再開すると、李洸がすぐ近くでささやいた。

「あの方がお戻りになったのにご機嫌とは、どうかされましたか？」

「……どうもなってない。でも、ちょっとした約束はできた」

瞼に口付けた時、少し驚いたような表情をしていた。だからきっと、されたことの意味をわかっていない。わかっていたら、思ったことがすぐ顔に出る蓮珠のことだ、飛び上がって後退るくらいのことはしただろうから。でも、ちゃんと考えて返事すると口にした以上、あの行為に何か意味があることは気づいているはずだ。その意味を知った時、たぶん返事すると言ってしまったことを後悔するだろう。だが、生真面目な蓮珠は、約束した以上、返事をしなければならないと考える。

今回、お互いに意識して距離を取り、意識して身代わりに徹していた。

理由は単純だ。終わってしまったのかどうか、お互いに確かめるのが怖かったからだ。

だが、蓮珠の官吏に戻るのが一日遅れたことで、自分の中の区切りが延長され、翔央は心躍った。一日、蓮珠が自分の近くにいる日が延長されたことが素直に嬉しかった。そして、その一日で彼女が持ち帰った成果にも、やはり自分の妃は彼女がいいという気持ちを強くした。

「決意が固まった。叡明が戻ったら、俺はもう一度話をする」

説得は容易ではないだろうが、榴花公主の件がある。叡明なら、今回の華の申し出をそう簡単に受け入れないはずだ。なにか裏があるようにしか思えないのだから。

そうなれば、断る理由が必要になる。一番手っ取り早いのは、すでに相手が決まっていることのはずだ。

「利用してもらうことを利用するつもりだ」

「……それがどういう意味か、さすがの小官にも意味がわかりませんが、お二人がお幸せになるのであれば、小官としても心よりお祝い申し上げます」

李洸にしても、婚姻証明書を渡さざるを得なかったことに、若干の罪意識があるのかもしれない。口元が少し綻んでいる。

「あ、祝いをもらえるかはわからん。彼女がどうしたいかは聞いていないから」

蓮珠の返事が、どういうものであれ受け入れるというのも、決意の内だ。

「……え？　そこが不確定で、どうしてそんな上機嫌になれるんです？」

「そりゃ、どうにも身動き取れない状況から一歩でも踏み出せたんだから、嬉しくもなる。

まずは自分の気持ちの問題だから、これでいい。彼女の返事は急がない。あちらに戻れば、彼女は業務に集中しないといけないからな。すべては無事に春節を迎えてからだ」

春節まで、もう十日とない。その間に、叡明も玉座に戻ってくるはずだ。そうなれば、自分も一介の武官に戻り、改めて彼女の前に立つ。そして、もう一度瞼に口づけよう。

「お顔の色がよくなられて何よりです。……では、無事に春節を迎えるため、もう少し頑張りましょう」

珍しく李洸が笑った。ああ、本当に俺にとっては得難い丞相だ。蓮珠のことは、身近な誰かに容易く口にできる話ではない。そもそも出逢いが出逢いだから。かといって、出逢いの事情を知る者であっても、叡明はああいう考えだから話にならないし、秋徳は従者であって主の恋愛事情なんてものに口を出すことはない。心の内を吐露することができるのは、最初からすべてを知っている目の前の男だけだ。

「そうだな、なにごともなく無事に……」

耳に、廊下を走ってくる足音が入ってきて、言葉を止めた。

「主上！」

執務室に飛び込んできた皇城司を見て、昨晩の蓮珠の言葉を思い出す。油断した時になにごとかが起こるのだと、そう言っていた。

身構えた翔央を前に皇城司が跪いて、報告の声を上げた。

「申し上げます！　榴花公主様が……」

その名が出たことで、執務室内が一気に緊張する。

「榴花公主様が皇城内の用水路に転落されました……！」

第五章　紅華、白を帯びる

水音を聞いた時、蓮珠は急ぎの決裁をお願いするために、黎令と二人で書類を抱え、壁華殿に向かう廊下を歩いていていた。

「とにかく陶蓮が戻ってきたときには、調達のあてができていたから良かったが、昨日までは結構厳しい状況で……」

「厳しい時に不在にしていて申し訳ない……」

頬引きつらせつつ、黎令の文句を聞いていた耳に、水音が聞こえた。

「なんだ……？　鳥が……」

視線の先、鳥が数羽飛び立つ姿に二人して足を止めたところで、さらなる水音が聞こえた。鳥が飛び立った木の枝から雪が落ちたにしては、大きな音がした。

「金水河になにか……」

金水河は、自然河川ではなく都城の北にある虎児川から皇城内に引いている用水路だった。主に皇城内の生活用水として使用されている。同時に、庭園の景観の一部として機能しているものだ。

「榴花様！」

誰かが叫ぶ。瞬間、蓮珠は手に持っていた書類の山を黎令の腕にあるそれに乗せた。

「おいっ、陶蓮！」

「書類、お願いします！」

言いながら声のしたほうへと走り出す。

大寒の次候は『水沢腹堅《さわみずこおりつめる》』と言うように、まだまだ水は冷たい。さらに用水路は水が滞らないように、早く流れる構造になっている。工部にいた頃、皇城の改築時に見た設計図を、蓮珠は覚えている。声がしたのは、金水河で水の流れでは上流になる。

だから、金水河に落ちたなにかは、こちらに流れてくるはずだ。

勢いつけて、廊下の手すりを越えて金水河に飛び込んだ。

「陶蓮！」

黎令の声がひっくり返っている。聞いているこっちは、水の冷たさでひっくり返りそうだ。実際、身長が高くない蓮珠の腰あたりまで水の高さがある上に水の勢いも強く、立っているのがきつい。おまけに官服が水を吸い、足を一歩踏み出すのもままならない。

このくらいの水位が一番危ない。上半身は出ているからと油断すると、水に足元をすくわれて流される。そんなようなことを亡兄が言っていた気がする。まずは自分が流されないことが重要だ。蓮珠は足を踏ん張り、無理に上流へ進もうとせず、水面を睨んだ。

「来た！」

バシャバシャと水を跳ね上げる音が近づいてくる。

「黎令殿！　受け止めるまでは何とかしますから、引き上げる人を呼んでください！」

「わかった。すぐに呼んでくるから、耐えろよ、陶蓮！」

書類の山を抱えたまま、黎令が走り出すのが視界の端に見えた。書類を放り出さないあたりが彼らしく律儀だ。などと、思っている間もなく、色鮮やかな絹の塊が流れてくるのが見えてきた。それは、見覚えのある赤系の絹だった。濡れた襦裙がまとわりついて、もがいている。

「榴花公主様！　暴れてはいけません！」

声の限りに叫んだことで、耳に届いたらしい。もがく動きが止まった。それを確認して、腰を低くし、両手を大きく広げ、蓮珠は全身で絹の塊を受け止めた。

それは、本当に絹の塊と化していて、受け止めた瞬間はどこに頭があるのかもわからないほどだった。

「だ、大丈夫ですか、華国公主様？」

腕の中、彼女が咳きこむことで頭の位置がわかり、急いで左腕を持ち上げた。

「あ、あなた……」

蓮珠の腕に縋りつくようにして、顔を上げた榴花の唇は紫色になっている。

「岸に上がるまでは動かないでください。貴人の方を抱き上げると言うのは大変不敬なれど、緊急事態にてどうかご容赦を」

蓮珠は両腕に榴花を救い上げて、岸の方へ足を踏み出す。

「よ、よく……この身長差で持ち上げたわね」

榴花が驚いている。変なところを気にする人だ。

「水の中ですので、多少軽く。そのため、小官でもなんとか」

人が集まってきている。黎令が大きく手を振っているのも見える。伴っているのが、太監数名とは、さすがの配慮だ。通常の衛兵や男性官吏が、隣国の貴人女性に触れるわけにいかない。宦官であれば、礼に欠く行為だと華国に責められることはないだろう。

「なぜ、私を助けたの……？」

安堵したところで、腕の中の榴花公主がそう問いかけてきた。

「田舎育ちなので、泳げますから」

即答した蓮珠に、榴花公主がポカンとしたあと、大きな声を上げる。

「そ、そういうことじゃないの！　私は華の者で、あなたは相の者なのに……って話よ！」

これだけ声が出るなら水を多く飲んだというわけではないだろう。会話の成立具合から見ても、意識は十分すぎるくらいしっかりしている。最悪の状態ではないようで安心した。

「……その『どこの者』ってなんでしょうか？　誰かおぼれそうになっていたから、泳げる自分が助ける……という話ですよ、これは。わたしは自分にできることをしただけです。

そこに、どこの国の者なんて関係ないと思います」

安心ついでに、例によって例のごとく遠慮ないことを言ってしまった。眉間にしわを寄せる榴花公主の表情に、岸に上がったら即刻叩頭して謝らねばと思ったが、続く言葉でいくと、そこは気にしないようだ。

「そんなの理解できないわ……。わたしなんて助けても、あなたが得るものはないのに」

どうしてだかわからないが、榴花公主は悔しそうに紫になった唇を噛んで俯く。

「榴花様！」

向かう岸に今にも飛び込みそうな勢いで榴花の名を呼ぶ朱景の姿があった。

「だめよ、朱景！　岸から下がりなさい、落ちたらどうするのよ！　あなた、泳げないでしょうが！」

榴花が叫ぶ。言われて気づいたのか、朱景が慌てた様子で数歩下がる。

「まったく、水が怖いくせに何をやってんのかしら、あの子ったら」

どうりで、と蓮珠は感心した。水に流されると、通常人は助けを求めるし、知人がいれば、その名を叫び続けるだろう。でも彼女は、それをしなかった。おそらく、朱景が我を忘れて金水河に飛び込むのを避けるためだ。

「すごいですね、榴花公主様。……泳げない朱景殿のために、助けを呼ぶ声を上げずに、自力で金水河を出ようとしていたんですね。大切にしていらっしゃるんですね、侍女殿のことを」

蓮珠の指摘に、榴花が頰を染めた。そこに華国の公主らしく澄ました顔の彼女はいない。素の榴花公主の表情は、ずいぶんと可愛らしい女性のようだ。

「榴花公主様！」

岸のほうから水音とともに榴花公主の名を呼ぶ声がして顔を上げる。黎令が連れてきた太監が水の中を入って近づいてくる。どうやら岸までたどり着かずとも、榴花公主を受け取ってくれるらしい。

「榴花公主様！　なにがあったのです？」

蓮珠から榴花公主を受け取った太監が問いかけるのを、やんわり止めた。

「状況確認は後にしましょう。今は着替えと暖かな飲み物を。まだ、水の冷たい時期ですから」

太監が、ハッとしたような顔をして、うなずくと無言で岸へと歩き出す。おとなしく運ばれるかに見えた榴花公主が蓮珠に叫んだ。

「あなたも、早く上がって体を温めなさい。岸まで私を運ぶ間、ずっと腰まで水に浸かっていたじゃないの！」

「もったいないお言葉です」

つい安堵して足を止めてしまった。膝の力が抜けそうになっていたが、あと数歩、頑張れそうだ。

「陶蓮！」

岸までつくと、黎令と太監の一人が手をのばし、蓮珠を引き上げてくれた。

「助かりました……って、高勢《こうせい》様？」

黎令とともに蓮珠を引き上げてくれたのは、後宮管理側の最高位である高勢だった。正直、結構なご高齢でいらっしゃるのに、水に衣を濡らした人間を引き上げることがよくできたものである。

「陶蓮殿は、相も変わらずご無理をなさいますなぁ」

高勢が言って、適当に持ってきたのだろう女官の衣装を着せかける。

行き遅れを通り越した行きそびれの身だが、一応未婚女性だ。水に濡れた衣姿を人前にさらすのは好ましいことではない。

「ありがとうございます、助かります」

なんだかんだで、どうもこの人には気に入られている節がある。

ただ、問題はこの濡れて重くなっている官服をどこで着替えるかだ。

蓮珠はとりあえず、額に張り付いた前髪を視界の邪魔にならないようにした。

周囲は人がかなり集まってきていた。半分くらいは皇城司なので、さっそく捜査が始まったということか。

「蓮珠？」

壁華殿のほうから走ってくる翔央の姿が見えた。皇帝の姿でその呼び方はどうかと思うが、周囲もざわついているので、誰も気に留めないだろう。

李洸も一緒にいるところを見ると、榴花公主の件の報告を受けて、一緒に現場を見に来たと言うところか。

「色々お聞きしたいことはありますが、まず起きた出来事について確認したいのですが、よろしいですか？」

李洸の言葉に蓮珠はうなずくと、黎令のほうを見た。

「わたしは黎令殿と皇帝執務室に書類を運んでいくところでした」

黎令が同意を示し、自身の記憶をたどるように瞑目する。

「はい。陶蓮と長廊下の半ばぐらいを歩いているときに前方から叫び声が……」

「黎令、そのあたりのことを細かく聞かせてほしい。お前の記憶力は頼りになる。誰がどこにいて、なんと言っていた？」

一応皇帝の顔に切り替えた翔央が黎令に尋ねる。

「……最初に水音が聞こえました……。たしか、鳥が何羽か西へ飛んでいき、その直後に、最初のものよりも大きな水音がいたしました」

方角まで記憶しているのか、蓮珠は少し呆れた気分で、黎令の記憶力披露を眺める。

「榴花公主の御名を叫ぶ声を聞き、陶蓮と声のするほうに走りました。……えっと……流されていると声がしたところで、陶蓮が僕の手に持っていた書類を乗せて、廊下の手すりを越えてそのまま水路に飛び込み、流れてくる公主様を受け止めようと構えました」

手すりを飛び越えて……のあたりで、あからさまに翔央と李洸が、呆れ顔になる。

「では……、金水河の周りには、どれくらい人がいましたか？」

気を取り直した李洸が黎令に問う。

「僕らを抜かしても七……いえ、八人はいたと思われます。みんな、動いていたので正確かはわかりませんが」

黎令は、皇帝を前にしているせいか、いつもと違い自信なさそうに言った。だが、皇帝のほうは黎令の記憶力への信頼を示す。

「お前が言うのだから正しかろう。……どう思う、李洸？」

翔央は金水河の上流のほうに視線をやり、傍らの丞相に問う。

「鳥に驚いて落ちた……というところでしょうか」

判断材料がまだ少ない。いかに李洸といえど、それぐらいしか返しようがないようだ。

「いや、待て。……もう少し前から考えよう。鳥はなんで急に飛んでいった？　黎令の記憶では、鳥が西へ飛んでいく前に水音がしている」

翔央の言葉に、蓮珠も記憶を総動員する。二度目の水音に比べれば小さな音だったが、それでも少し離れた廊下を歩いていた蓮珠と黎令にも聞こえるくらいの音ではあった。

「……鳥も何かに驚いたから？」

蓮珠の出した答えに、翔央が指折り数える。

「折よく鳥が驚いて飛び立ち、ほどよく金水河の近くにいた榴花公主が、飛び立った鳥に驚き金水路に落ちた。都合いいが三つも整うとさすがに胡散臭いと思わないか？」

李洸が低い声で皇帝に確かめる。

「それはつまり……恣意的なものであると？」

翔央は視線を今度は東に向けた。

「西に逃げたなら、鳥を驚かせたなにかはそれと逆方向から飛んできた可能性が高い。皇城司に東側を調べさせよ。あと、侍女殿の話を聞いてきてくれ。事故であれ事件であれ、とにかく大至急調査を開始しろ」

李洸が無言でうなずく。それを確認してから、翔央は黎令に言った。

「黎令、調査をする皇城司に記憶している状況を伝えよ。あと、覚えている限りで周辺にいた者を集めて、その者たちからも金水河に落ちた時の状況を聞こう。……二人は落ちる瞬間は見ていないからな」

黎令の目が熱を帯びる。

「かしこまりました」

跪礼してから、急ぎ皇城司たちの居る方へと向かっていく。

その背を見送ってから、翔央が蓮珠に声を掛けてきた。

「無茶をしたな、この寒い時期に水路に入るなど」

言葉には咎める響きも皮肉もない。なので、蓮珠も自分の考えを素直に口にした。

「流されて焦れば、そこまで深くなくとも人はたやすく溺れます」

無茶をしたとは思っていない。ちゃんと足場を確保して受け止めることに専念した。無茶をするなら、あそこで上流に歩き出していただろうから、きっちり冷静だったと思う。

「……うん、そうだな。怪我は？　冷たい水に浸かっただけで済んだのか？」

声にも表情にも蓮珠を気遣うやわらかさがにじむ。

「金水河に落ちていた石や枝で多少かすり傷が……」

「見せてみろ」

翔央がその場に屈む。

「いえ……その……」

蓮珠は高勢から借りた女官の衣で足元を隠した。

「どうした？」

「脚をお見せするのは、ちょっと……」

顔を覗き込んでくる視線を逃げて、身体を反転させる。

「気にするな」

「気にしますよ！」

翔央が回り込んでくる。さらに反転する。

「今更だろ」

「今更だから恥ずかしいんです！」

結局睨み合いになった。その状況で盛大なため息が聞こえてきた。

「聞かされているほうも恥ずかしいのですが」

いや、やはり聞かれた自分が一番恥ずかしい。蓮珠は借りた衣の袖で顔を隠した。

「なんだ、李洸。まだいたのか」

翔央はどこ吹く風。慣れた様子で李洸の視線を受け流す。

「いますよ。勝手にお二人だけの場を作らないでいただきたい」

よけいに恥ずかしくなるようなことを言わないでほしい。

「わ、わたしはなにも……」

蓮珠は思わず、手にした衣ごと頭を抱えた。

「はいはい、そこで終わりにしましょう。……時間が惜しいです。黎令殿と違い、ごくふつうの人の記憶は、時が経てば変質していきます。何者かが変質の方向づけをしてしまう前に動きましょう」

仕切り直しとばかりに李洸が軽く手を叩く。

「……で、具体的にはどう動く？」

表情を皇帝のそれに改め、翔央が李洸に確認する。

「まずは被害者本人の記憶の変質を防ぐことを提案します。ここが変わられては、他をどんなに固めても、すべて台無しです。そのためにも、榴花公主様にお話を伺いましょう」

翔央が器用に片方の眉を上げた。

「どうだろうな……。前回といい、今回といい、仕掛ける頃合いがあまりに絶妙だ。よほど細かく榴花公主の行動を把握できていないと厳しい。そうなると、例の自作自演説が真実味を帯びてくる。心労を理由に宮に籠られる可能性が高いかもしれない」

蓮珠は顔を覆っていた衣を外し、すぐさま反論した。

「お言葉ですが、自作自演説はないと思います。榴花公主様はそのようなことをなさる方とは思えません。溺れそうなとき、泳げない侍女が無茶しないように助けを呼ぶことなく自力で岸を目指そうとしたんですよ？　先ほどもわたしに早く温まるようにお心遣いくださいました。周囲を騙すような方だとはとても……」

だが、翔央は、「それこそ怪しくないか？」と蓮珠の言葉を否定する。

「自作自演だから、助けを呼ぶ必要がなかったんじゃないか？」

蓮珠は一歩翔央に詰め寄り、負けじと、さらなる反論をする。

「朱景殿は本気で助けを呼んでいらっしゃいましたよ。自作自演なら侍女が知らないわけがありません。榴花公主様は朱景殿をとても頼りになさっているのですから！　少なくとも今回の件、あの二人は完全なる被害者です！」

「どれだけ二人を庇いたいんだ、おまえは！」

再び盛大なため息が聞こえてきた。見れば、すぐ間近に李洸が立っている。なぜ近い？と思えば、周囲から蓮珠が見えにくいようにしてくれていた。

「す、すみません……。主上に、こんな……」

「もっと早くお気づきいただきたいものです。現場から少し距離を置いていたのが幸いしました。こちらに主上がいると気づいている者は少ないでしょう。とはいえ、声が大きくなれば、視線が集まってきます。ですので、自作自演説の真偽は後回しでお願いします」

説教の長い李洸が、早口でそれだけ言って説教を切り上げる。そのこと自体が怖くて、蓮珠は翔央と二人で背筋を正した。

「よろしい。では、小官より建設的な献策をさせていただきます。……榴花公主が宮に籠っていられないようにすればいいのです。あちらが最もこだわっていた人物を出しましょう。皇城司統括の白鷺宮様、急ぎお仕度を願えますか？」

引き締めていた皇帝の顔が崩れる。

「……まったく。俺の周りは、叡明といい李洸といい、俺使いが荒い者ばかりだな」

皮肉を浮かべたその顔は、双子が一番似ているものだから、その場での違和感はあまりなかった。いつもの翔央が目の前にいる。そのことに、自然と気が緩んだ。

「……と、とにかく……榴花公主様と朱景殿は……」

言わなきゃならないことがあるのに、急速に全身の力が抜けていく。視界が、なぜか縦に反転して、そのまま白く……。

「蓮珠！」

よくない。翔央は今、皇帝なのだから、自分を官名で呼ぶべきだ。そうでないと、ここにいるのが叡明でないとバレてしまうではないか。

それを指摘しようと伸ばした手がそのまま引き寄せられる。

「李洸、この場は任せる。俺は蓮珠を運ぶ」

「あなたの私使いの荒さもたいがいですよ。……もちろん承ります。蓮珠殿を、お早くあたたかい場所へ」

翔央と李洸の声が頭上でしている。目を開けたいのに、開けられそうにない。

大丈夫だと言いたい。だって、もう温かい場所にいるから。

濁った意識の中で、白交じりの赤い花弁がひらひらと舞っている。風に巻き上げられるようにどこかへ飛んでいく。

北のお山の彼方には　桃源郷があるらしい
それでもわたしは　ここにいる
あなたのとなりで　夢を見る

やわき衣に包まれて　桃源郷の夢を見る

どこからか聞こえてくる子守歌が、花弁を遠くへ運んでいく。北の山の向こうに花弁が消えていく。

……違う。だって。北に山はない。大陸の西にある相にとって、山はだいたい東の方角にあるから。

同じことを誰かにも言った気がする。『お山は東でしょう?』って。あれは、誰に言ったんだっけ……。北に山がある、そう思っていたのは……。

「あ……、か……?」

春節間近の水路、まだ冷たい水で冷やされた喉が熱く、声が掠れていた。

「お姉ちゃん?」

子守歌が途切れる。飛んでいく花弁へと伸ばした手を強い力で引かれた。

かすんだ視界に、その姿を捉えて、蓮珠は自然と口角が上がった。

これは、どんな気分なんだろう。笑い出したいくらいに嬉しい。

「す、い……ぎょく……?」

手を伸ばし、頬に触れる。指先で頬を伝う涙に触れる。

「目が覚めたの……？」

うまく声が出ないので頷いて、返事をする。

「待っていて、……すぐに白豹《はくひょう》さんに頼んでいたお粥を持ってくるから」

翠玉が泣き笑いの顔で蓮珠の寝台を離れていく。その背をぼーっと見送りながら、子守歌を歌っていたのは翠玉だったのかと考える。そういえば、翠玉が幼い頃、兄と二人、彼女を寝かしつけるために歌っていた。母が自分たちにしたのを真似て。

「ん？　……なんで、北？」

首を傾げた蓮珠の目に、調度品がほとんどない部屋の風景が入る。

どうやら官吏居住区にある自宅のようだ。あいまいなのは、まだ見慣れない広い部屋に置かれた不似合いな小さな寝台で目覚めたせいだ。

陶姉妹は、最近になってついに上級官吏用の広い住居に移った。順番待ちをすっ飛ばせたのは、皇帝が裏で手を回したせいだろう。その証拠に、陶家には家のすべてを取り仕切る白豹という家令《えいめい》が一人だけつけられたのだが、彼は常に姿を見せず、声でしかその存在を感じられない。その正体は、皇帝が翠玉の護衛につけた皇族付きの密偵なのだ。

「お目覚め何よりです」

「は、白豹さん？　いったいどこから……？」

首を巡らせると、隣の部屋の卓上にお粥とお茶が置かれている。

「……うーん、徹底的」

蓮珠の呆れを含む呟きに応じる声はない。姿を見せない家令は、置くものだけを置いて去ったようだ。入れ替わりに戻ってきた翠玉が、家令の置いていったお粥を見つけて、満面の笑みで寝台のほうへ運んでくる。

戻ってきた翠玉に状況を確認すると、蓮珠を運んできたのは翠玉が表向き仕えていることになっている李洸の部下だったそうだ。

「……そっか、二日寝込んだんだ」

ということは、大寒の末候が、明日にも始まる。いよいよ春節直前ということだ。その間、行部のほうはどうなっていたんだろう。魏嗣が上手く案件を処理していてくれているだろうか。まだ明るい時間のようだし、身支度を整えて宮城に行くのもありかもしれない。ただでさえ、仕事が溜まっていたのだから。

「お姉ちゃん。いま、お仕事のこと考えていたでしょう？　ダメだよ、張折様もちゃんと治るまで出てこないように言っておけって仰ってたんだから」

さすが元軍師。先回りしていたか。それも翠玉に言わせるあたり、蓮珠をよくわかっていらっしゃる。蓮珠は基本的に翠玉の言うことに逆らえないからだ。

「白豹さんが、お姉ちゃんのことちょっと李洸様に報告してくるって」

一官吏の家令が丞相に『ちょっと報告』って。

「そのへんは、ただの家令じゃないんだね……」

空笑いする喉にまだ違和感がある。明日にでも治ればいいのだが。

「あれ……なんだろう？　人の声がする。白豹さんいないときにお客様かな」

翠玉が呟きながら寝台を離れていったが、次に聞こえてきたのは悲鳴のような声だった。

「なんなんですか！　やめてください、姉は寝込んでいるんです！」

翠玉が強く人を咎める声を上げるのは、めったにないことだ。

蓮珠は、寝台を出ようとしたが、上掛けをどかす手が、ひどくだるい。

「隠し立てすれば、あなたも罪に問われますよ！」

男性の声がする。聞き覚えのない声だ。一応これでも上級官吏の家である。何の前置きもなく勝手に入ってくるというのは、こちらも官吏居住区域を巡回する栄秋府の役人を呼んで対応してもいいような暴挙だ。

「隠していません。女性の部屋に大勢の男性で……って、最低ですよ！」

翠玉の叫びとほぼ同時に部屋に大挙して人が入ってきた。

寝台の上で薄絹一枚の蓮珠を見て、数人の男たちが焦ったように出ていく。だが、先頭にいた壮年の男は、咳払い一つしただけで部屋を出ることはしなかった。

「……ふん、小芝居はいい。身支度を整えて、宮城に来い」

「…………は？　突然、なにごとです？　とりあえず、部屋からは出てもらえます？　行きそびれと言われようと、嫁入り前の娘に対して失礼極まりないですよ、これ」

直属の上司である張折は休めと言っていたらしいのに、どこの誰とも知らぬ者になぜそんな態度で命じられなければならないのだろう。

不機嫌に返した蓮珠に、男は七歩下がって扉を入ってすぐの場所に立つ。

「陶蓮珠。貴様には華国公主殺害未遂の嫌疑がかかっている」

「…………いったい、なにを言っているんですか？」

蓮珠の問いかけに応じる言葉はなく、男は小さく『早くしろ』とだけ言って、扉の外へと出る。

「わたしが……公主を？」

ありえないにもほどがある。そんなことするわけがない。この相に自ら戦争を招くような行為なんて。それ以前に、寝込む直前、金水河に落ちたその榴花公主を助けたのが、殺害未遂の容疑者ってどういう……。

「お姉ちゃん……、どういうこと？」

いや、自分が聞きたい。大声で問いただしたい。だが、納得いかないと抵抗しても、心証を悪くするだけだろう。

「大丈夫よ、翠玉。あなたもわかっているだろうけど、わたしはそんなことしないわ。問題は……」

自分がしたことにしたい誰かがいるということだ。

こういうことは、過去にも聞いたことのある話だ。華国の公主が皇城内で事故に遭った以上、相国は誰かを犯人として華国に差し出さなくてはならない。それも速やかに。そういうときに便利なのが、派閥に所属していない上級官吏だ。まず、どこの派閥からも制止が入らずに済む。そして、上級官吏であれば、それより上はいないから背後関係を洗う必要もない。

国が国を保つために差し出される犠牲。ご都合の犯人。

もうこの家に帰れないかもしれない。蓮珠は官服に着替えながらそれを思った。

「……翠玉。白豹さんの言うことをちゃんと聞いてね」

官服に着替えるために部屋を出る時、それだけは妹に告げた。

朝堂の玉座で翔央は、叡明より叡明らしい仏頂面をして座っていた。

「……それで榴花公主の件はどうなっている？」

報告のため、皇城司の長が中央に進み出る。

「金水河の現場付近……皇城と後宮の境のあたりで、矢が一本見つかっております。ですが、国や所属を示すようなものはありませんでした。あえていうのであれば、山里で狩りをする者が使うようなものにございます。したがって、皇城司や殿前司のものではありません。わざわざ城内にない矢を持ち込んでいることから、やはり、事故でなく事件と考えられます」

朝堂がざわついた。事件であったことにというより、誰が榴花公主を狙ったのかという犯人捜しのためだった。親華派は当然親威派を疑い、親威派は誰がやったのかと周囲を窺っている。中立派はその両方の表情を窺い事の真相を見定めようとしている。

矢が国も所属も示していないことが大きい。それぞれに、自分の派閥に関わる矢であれば対立相手の罠であると主張し、対立派閥のものであれば激しく追及する。それが政治の常套手段だ。どこのものでもないというのは、どこのせいにもできないということだ。今回のような事件は非常に珍しい。

逆に言うと、今回の件、国内の派閥間争いによるものという可能性が低くなる。同時に、相手の派閥が支持する国を叩き合うのとも違うだろう。

玉座という場所は、普段は見えないものがたくさん見える。だからこそ、別の視点を提示したくなる。

「……そもそも榴花公主を狙ったという確証は？」

一つ目の事件、場所は宴の会場虎継殿に入る手前の広場。皇城の奥から会場に入る皇帝と皇后以外は、誰でも通る道だった。

二つ目の事件は、都城内を流れる金水河。榴花公主が落ちたのは、後宮の西の皇城に近い庭園を流れていた部分になる。壁を隔て壁華殿に近い場所へと流された。そのあたりは、紫衣の官吏がよく歩いている場所だ。鳥が止まっていたという木は、後宮側に植えられていたものだが、その枝葉は皇城側にも届いていた。矢は本来皇城側にいた官吏の誰かを狙っていた、あるいは皇帝を狙っていた……という話になっても、何ら不思議じゃない。

皇帝の指摘に朝堂が先ほどまでとは違うざわめきに変わる。

「今はなんとも……」

調査を行なっていた皇城司の長は苦しそうに言って、その場に平伏した。

「謝罪は不要だ、成果を出せ。……李洸、お前なら誰を狙ったと考える？」

皇城司の長を立たせてから翔央は傍らの丞相に尋ねた。

「ふたつの場所では断定できません。……特に歓迎の宴の件は、宴を邪魔できれば誰でも良かったという考え方もあるでしょうし」

開闢《かいびゃく》以来の天才丞相も断定できないことに、皇城司の長が少しばかり安堵の表情を見せる。それでいい、と翔央は思う。今回の犯人捜し、その重圧は相当のものだろう。なにせ、華国からの調査要請に加えて、親華派と親威派からもせっつかれているはずだ。犯人捜しを焦るあまり、浅慮を起こされては困る。

「丞相は、二件が榴花公主様を狙ったものとは断定できないと？」

親華派である孟《もう》家の長が問う。華国の公主を狙ったのであれば、当然敵対する親威派を責めれば済むと思っていたのだろう、当てが外れて不機嫌そうだ。

「ええ。金水河の件も、皇城内を散歩することが前々から決まっていたというわけではございません。散歩にも、皇城内の庭園を巡っていらしたそうなので、特に決まった経路を通られることにしていたという話は聞いておりません」

李洸が自身で調べた内容を朝堂のように人の多い場所で口にするのは珍しい。だが、それだけ、国内勢力の暴走は避けたいという意識の共有は感じる。自分という身代わり皇帝には、本当に必要な丞相だ。

「しかし、今度は心労により安静か。……それはつまり、榴花公主は、まだしばらく我が国に滞在されるということだな」

一番にご帰国いただきたい人物が滞在延長か。居座ることで同盟継続の条件を受諾したことにされてはかなわない。どうにかお帰り願いたいところだが……。

「すべては俺の問題か……」

叡明でないから、榴花公主を宮妃に迎えたくないから。どれも翔央自身の問題としての見方であって、国政を預かる者の考え方ではない。

「主上？」

「なんでもない。……本件に関して意見ある者はあるか？」

玉座から問いかける。だが、朝堂は異様なまでに静まり返っていた。親華派と親威派が示し合わせてでもいるように。

「……常のように、主上の慧眼にお任せいたします」

決定を放り出したか。官僚主義を謳う国としてよくない傾向だ。叡明が皇帝であることの弊害だな。叡明は先の先を考えた意見を口にする。皇帝が言えば逆らえないし、叡明の頭脳が導き出した答えでは最短経路の最適解になる。それが重なると、先まで読めても先の先までは読めない官吏たちは、考えることをやめてしまう。

良くない新兵の育て方だ。過剰に言うことを聞くことだけを仕込んだ者は、自分で考えなくなる。考えない兵は、いざという時に生き抜けない。

こんな時に片割れの皇帝に向いていない面を思い知るとは……。わかっていていてこれまでどおりを貫くとか、身代わりがやりづらくなるではないか。

「では、皇城司は引き続き捜査を。榴花公主には、嫌がられても警備を増やす」

翔央は玉座から諸官を見下ろしていた視線を李洸に向けた。李洸が拱手する。自分の決定でよかったようだ。

朝議を終わりにしようと目配せをしたところで、朝堂に入ってくる人影が見えた。

「主上に申し上げます。一連の事件の首謀者を捕えました」

この場に居るはずのない朱衣の官服。開けた朝堂の扉から入る陽光を背にしたその人物の表情は口元しか見えない。だが、なにが愉快なのか口角が上がっていた。

都水監の燕烈《えんれつ》だった。

「首謀者……だと？」

嫌な予感がした翔央は、思わず直言で返してしまった。

「行部の官吏、陶蓮珠にございます」

燕烈に遅れ、開け放たれた扉に人影が立つ。官服を着たその小柄で細い影で、翔央にはわかる。間違いなく、自分の知る陶蓮珠だった。

第六章　紅華、白に透ける

まだ熱っぽい身体を引きずって、蓮珠はよろよろと朝堂へ入った。

出入り口付近のいつもの位置で跪礼していた黎令が、立ち上がる。

「お待ちください、これは何かの間違いです！」

黎令が庇うとは……と思ったが、それもそうだ。黎令は金水河に飛び込み、榴花公主を助ける蓮珠を、最も近い場所で見ていたのだから。

「控えよ。主上の許可なく、立ち上がり、その上、口を開くとは何事か！」

燕烈が一喝し、黎令の官服の胸を突き飛ばした。黎令はまだ若い。燕烈のようなだいぶ年上の高圧的、かつ暴力的な人物への対処は慣れていない。

「黎令殿、わたしは大丈夫ですから……」

なにも大丈夫な気がしない掠れた声で言っても、あまり効果はないだろうが、彼が下がるきっかけにはなる。燕烈に屈したのではない、と示す意味で。

蓮珠は両脇の衛兵に促されて朝堂の中央まで進んだ。熱で頭がボーッとした状態でも、翔央の顔がはっきりと見えた。

かろうじて、皇帝の顔を保っているが、目の端に、口角に、これでもかというほど力が入っている。表情を崩さないことに必死の時の顔だ。

不敬だとわかっていても、見つめ返さずにはいられなかった。自分に後ろ暗いことなんてない。だから、大丈夫だと。

「陶蓮珠、おまえも誰の許しあって、主上の前で顔を上げているんだ？　まったく行部とやらは官のしつけがなっておらんな」

燕烈の手が伸びてくる。蓮珠の頭を力で下げようということらしい。それぐらいなら自分から跪礼する、そう思っても両脇の二人が、燕烈のやろうとすることに賛同して、蓮珠が跪くのを阻む。

「燕烈、そこまでだ。……朱衣が紫衣に何をしようとしている？　序列を守らぬ先例として、後世に名を残したいのか？」

玉座から冷ややかな声がした。燕烈の手が止まり、未練たっぷりに下ろされる。よほど、元部下の頭を掴んで下げたかったのだろう。

「主上、陶蓮珠には、かねてより怪しい動きが見られます」

さて、燕烈は何を言う気だろうか。蓮珠は、どんなつぎはぎだらけの偽情報だろうと思っていた。あとで否定するときのために耳を傾けた。

「後宮の女官の姿で、頻繁に後宮と皇城とを行き来しているという証言がございます」

……………嘘ではないな。そうか、女官の格好で出入りしているのは、後宮の門番も知っている話だ。証言を集めるのも難しくなかっただろう。

「榴花公主様が金水河に落ちられたのと、同じ日にも、その姿は目撃されております」

……あれ、それも嘘ではない。たしかに、高勢が濡れた衣では……と持ってきてくれた後宮の女官服をまとった。官服はびしょぬれで、アレを着たままでは帰宅できなかったのだ。高勢は後宮管理側の太監だ、持ってくるのは当然ながら後宮の衣服になるし、妃嬪の衣服を持ってくるわけがないから、必然的に女官服になる。

元々女官の格好で何かを運んでいた怪しい女官吏が、榴花公主の溺れた現場にいた。女官の格好で。……嘘を繋ぎ合わせなくても、充分怪しい人間が出来上がってしまった。

「本日、事態の発覚を恐れ、病を偽って自宅にいるところを捕えさせました」

ここは虚実が混じっている。病なのは本当だ。

「さて、陶蓮珠。……私が言ったことに誤りはあったか？」

やられた。今、燕烈が報告した事項に関しては、ほぼ本当のことしかない。そして、本当のことを尋ねられて、嘘をつけるような人間ではないのだ。おそらく、それらすべてを計算の上で、燕烈は、この場に蓮珠を引きずり出した。

「主上、……燕烈様が仰ったことは……じ……」

「まあ……まあっ！　あなたは！」

静まり返った朝堂に明るい声が突如響いた。朝堂に入ってきた声の主が、蓮珠の顔を、真っすぐに見据えた。

「榴花公主様……？」

驚いているのは、蓮珠より燕烈のほうだった。

「り、榴花公主様……、このようなところにお一人でいらっしゃるとは……」

「ちゃんと朱景が付き添ってくれていますわ」

榴花公主は、口元を絹団扇に隠しつつ、反論した。

「とにかく主上、このように公主のほうも陶蓮珠の顔に見覚えがあるようで」

得意げに燕烈が言う横で、榴花公主が前に出る。そのままずんずん蓮珠のほうへと歩み寄る。

「何をなさるのです、公主！」

燕烈が止めようにも相手は隣国の公主。おいそれと触れていい存在ではない。誰もが、特に蓮珠が戸惑う状況の中、彼女はさらに驚きの行動に出た。

「お会いしたかった！　あなたにお礼を言いたくて！」

なんと、公主が歓声を上げて、蓮珠に抱き着いたのだ。

華国人らしく背の高い榴花公主に抱き着かれて、蓮珠は後ろに倒れそうになるも、そこは背の高い妹で慣らされている、なんとか公主を受け止めた。

「……榴花公主様？」

「ああ、間違いありません。あの時、わたくしを助けてくださった官吏の方ですね！」

どう考えても、犯人を非難する言葉ではないことに、朝堂に集まった面々が、ん？　と一様に小首を傾げる。

「榴花公主……？　すまないが、ご説明願えるか？」

「ええ。……相国皇帝に申し上げます。この方こそは、わたくしを助けてくださった官吏殿にございます。用水路に落ち、流されていたわたくしを誰よりも先に飛び込んで、この両腕で力強く受け止めてくださいました……」

これに燕烈が、何とも言えぬ唸り声を口にする。

「燕烈殿からあのとき近くにいた女が疑わしいので会うように言われ、てっきりわたくしの落ちる要因を作った者が見つかったのかと思いましたが……」

身長差のせいだろうか、いつのまにか蓮珠は、榴花公主の腕に包み込まれているような状態になっていた。

「こちらの方が、あのときわたくしの近くにいたのは当然のことです。だって、わたくしを助けてくださったのですもの」

優雅な笑みで、それは確かにそのとおり、としか言えないことを言い出す。燕烈は、真実から疑いを導こうとした。榴花公主は、真実で疑いを晴らすほうへと導いたわけだ。

「お礼をいうために探してくださったのですね、燕烈殿。あなたにもお礼を言わせていただきますわ。わたくしの命の恩人を見つけてくださって、ありがとうございます」

「そ……それは……もったいないお言葉で……」

燕烈が居心地の悪い顔をする。

頃合いを見計らったように、玉座から声がかけられた。

「榴花公主、余はあなたに謝らねばならない。あなたを危険な目に遭わせた者たちが、まだ捕まっていない。こちらも手は尽くしているが、間違いがあってはならないので、慎重を期している。今しばらくお待ち願いたい」

明らかに燕烈向けの皮肉だった。叡明に似せた冷たさに威圧が加えられている。

「もちろんですわ。焦っていただく必要はございません。……相国の方々には、相国の正義をお見せいただきたいのです。華国には『穀物は農民の生産物、罪人は貴族の生産物』なんて言葉がございますの。貴族の都合で誰かが罪人になる……、そういう国なので。相国は大陸に名だたる官僚主義国。ぜひとも理性と知性のなせる業というものを教えてくださいませ」

やはり、皮肉を口にする榴花公主は、玉座の方とよく似ている。

お互いに似たところを感じ取っているのだろう。翔央と榴花公主の間になにか火花のようなものが見えた気がした。『今だけは、協力してやろう』という言葉とともに。

「……李洸、朝議を終わらせろ。榴花公主の恩人は、まだ復調していない。家に帰らせ、休ませてやれ。我が国が危機に陥るところを救った者だ。追って、褒美を与えることになるが、いまは休ませてやることが先決だ」

玉座の声は、呆れたような、いたわるような、常にはない優しさが含まれていた。


壁華殿の皇帝執務室。榴花から解決までの猶予をもらった翔央は、夕刻になるとすぐに通常の皇帝執務を終えて人払いを済ませ、李洸の報告に耳を傾けた。

「……蓮珠が今回の首謀者であることを示す証拠が出てきている？」

「ええ。……すでに四つほど潰しましたが、まだ仕込んであるのではないかと思われます」

李洸が手の者に調べさせて回収したいくつかの物品について説明したあと、彼には珍しく眉を寄せた。

「陶蓮殿が後宮を頻繁に出入りしていた件は事実なので潰せませんでした。ハッキリ言えば、個人的趣味で動いていたので、これまで問題視していなかったことが良くありませんでした」

たしかに、聞く者によっては、彼女の行動は、威の命令で動いていたような心証は受けるかもしれない。物品の運び込みもしていることは、門番も知っている話だ。無論、それが本だということも門番は知っている。だが、『陶蓮珠は、頻繁に都城の外から物を持ち込み、威公主の元に運んでいた』という報告にすれば、嘘はなくても充分に疑わしい人物に聞こえてくる。

「蓮珠であることの目的は、どこにあると考える？」

翔央の問いに、李洸が即答する。

「いくつかの好都合の重なり合ったところに蓮珠殿がハマったのではないかと考えております」

蓮珠は、いまだどの派閥にも属していない。これは、この国の官吏として守る者がいない状態ということだ。

李洸の派閥に入る話が出ているが、派閥に所属するための条件が整っていないので、保留になっている。どの派閥に所属するにしても、派閥内の三人から推薦をもらわなくてはならない。また、推薦を出せるのは派閥内でも古参の者だけで、李洸でさえ紹介はできても三人の推薦者の一人にはなれない。蓮珠は推薦者をお願いするため、新年の挨拶で派閥の重鎮たちと顔合わせを行なう予定になっていた。

蓮珠の身を守るための仕組みが出来上がっていないのだ。ただ、もしかすると出来上がっていない今だからこそ仕掛けてきたという可能性もある。

「本当の首謀者は、ずいぶんと丹念に蓮珠を調べ、犯人に仕立て上げるための種をまいた。だが、今回それを最たる被害者である榴花公主によって覆されたわけだな……」

おかげで、無罪なのに、首謀者であることを指し示す証拠だけが出てくるという矛盾した状況が発生している。

「この場合、あくまでも当初の犯人にこだわるか、新たな犯人を作るかだな」

「翔央様はどちらとお考えでしょうか？」

翔央の呟きに、李洸が問う。

「俺の考えというよりも、あちらの考えがわかったから言えることだが……、あくまでも蓮珠を犯人に仕立て上げることをやめないだろう」

李洸がうなずいた。確信を得たことに満足しているようだ。

「同意見です。どうやら、翔央様も同じ人物に行き着いていらっしゃるようですね」

わかりやすすぎた。

「蓮珠を目の敵にしている度合いがあからさまだ。……今回の件の首謀者は、燕烈とみて間違いないだろう。理由は、例の不正告発による左遷の仕返しというところか」

だが、自国を危険にさらしてまで、仕返しをするとは……。

「燕烈は、この国自体に復讐をしたいのかもしれないな」

翔央の指摘に、しばらく沈黙してから李洸は首を振った。

「それがどのような動機であれ、おとなしく復讐を受け入れるわけにはいきません」

常に冷静沈着な若き丞相も、こういう部分では熱を帯びる。李洸が丞相筆頭なのは、開闢以来の天才だからでなく、国に対する熱量が高いからだ……と、叡明が言っていた。若くて天才なだけなら、すでに一人いるから充分だしね、という言葉もついてきたのは、いかがなものかと思ったが。

「だが、李洸。燕烈の目的が、この国を含むか否かで、次の一手が違ってくるぞ」

榴花公主が無実のお墨付きを与えた蓮珠をもう一度首謀者として疑われる立場に引きずり戻すとしたら、相応の大事を起こさなくてはならない。その大事は、燕烈が蓮珠だけを狙っているなら蓮珠に大事が、国への復讐まで考えているなら再び榴花公主の身に大事が起こるだろう。

「……そうですね、次の一手こそは先回りしなければなりません。燕烈殿の動機を理解する必要はないが、知る必要はあるということですね」

李洸は、すぐに頭を切り替えてくる。さすがだ。切り替えといえば、もう一人……。

「……李洸、もう一人、その考えを知る必要がある者がいる」

李洸は頷いたが、誰のことなのかまでは思い至っていないようだ。

「お調べになりたい者がいるのでしたら、仰っていただければ。今は、范家の情報網も使えるようになりましたので、これまでより広範囲の人物の詳細をお調べできます」

范家の名が出て、あの家の持つ情報網の広さを思い出す。

「范家か。……ちょうどいい。あの家は華とのつながりも持っていたからな。では、李洸、大至急で榴花公主のことを調べてくれ」

これには、李洸が眉を寄せた。

「榴花公主様を……ですか？」

以前、李洸自身も榴花公主の調査をしているので、足りないと言われたようで、多少不満なのかもしれない。

「そうだ。……掲揚台の柱が倒れてきた件では、おとなしく使節団の意に沿って行動した。今回の金水河の件も途中までは燕烈の思惑通りに進んでいた。だからこそ、蓮珠を弾劾する場に来たのだろうから。……だが、そこで燕烈さえも驚きに目が泳ぐような方針転換をした。彼女は突如、蓮珠についた」

榴花公主は、あの場の雰囲気は理解していた。燕烈が何を言わせるために呼んだかも知っていたはずだ。だが、それに逆らった。それもあの場で。

「榴花公主の目的は燕烈のそれと違う。もしかすると、彼女の目的は彼女を送り出した側の考えからも離れているのかもしれない。……うまくいけば、例の同盟継続条件を覆せるかもしれない」

翔央の口元が自然と上がる。李洸が顔をしかめる。

「……そういうところが、よく似ていらっしゃいますよね、主上と翔央様は」

「おい、待て。人を身代わりに引きずり出した奴が言うな。他は似てないみたいだろうが」

翔央の抗議を、李洸が笑みか真顔かわからぬ顔で黙って聞いていた。


勅命により自宅での休養を許された蓮珠は、ありがたくも輿に乗せられて帰ってきた。帰ってきた姉に安心して、翠玉は本日の仕事のため登城した。

陽はまだ高く、屋敷内は静まり返っている。浅い眠りの中で、翠玉の警護のために城に上がっていると思っていた白豹の声がした。

「蓮珠様、客人が来ております。どうなさいますか？」

不在中に人が押しかけてきて、蓮珠が連れだされたことをかなり悔いていたので、翠玉を執務室に送った後、戻ってきたのかもしれない。

ずっと横になっていたというのに、まだ体がだるい。居留守にできないだろうか。

「客……？　衛兵ですか？」

そうでなければ、お引き取りいただこうと思い、尋ねてみる。

「いいえ、女性が二人……、あ、いいえ、一人は女性を偽っているだけですね」

ちょっと目が覚めた。

「……それって、どういうことですか？」

「現状では、判断しかねます。女性は、かなり身分の高い方とお見受けいたします。かと言って、女装させた護衛というには、それらしい気配がないです」

白豹も困惑しているようだ。

「貴人……？　誰であれ追い返せないわね。お迎えして。すぐに身支度を整えます」

白豹に頼みながら、蓮珠は寝台を降りた。一人で身支度を整え、急ぎ客間に向かう。

「お待たせいたしました」

姿の見えぬ家令が案内した客人が待っていた。

「……お邪魔させていただいたわ、陶蓮珠」

そこには、榴花公主とその侍女がいた。

「…………りゅ、え……ど……、ちょ、じゃ……しゅ！」

思考に言葉が追い付かない。いや、思考も目の前の状況に追いついていない。

榴花がここにいることには、もちろん驚いた。だが、それ以上に、その傍らに立つ朱景を見て、白豹の言った女装している人物が誰のことだか知って、色々慌てた。

「何一つ言葉になっていないわ。まだ、療養が必要そうね」

榴花は焦る蓮珠を見て笑うが、蓮珠は笑えない。

榴花は知っているのだろうか、自分の侍女が男であることを。もし、知らなくて、近くに置いているのであれば、今ここで指摘するわけにいかない。朱景の狙いがわからない以上、榴花の命を危険にさらすことになる。

しかし、例の話が本当なら朱景は、自分にとって、唯一残された血縁なわけで……。

ああ、思考が、まだふらつく頭の中をぐるぐる回っている。

「い、いえ、榴花公主様にお越しいただけたのですから、寝台になど横になっていられましょうか。……ですが、小官をお訪ねいただいた理由がわからず、戸惑いまして。申し訳ございません」

話している間にも、お茶とお茶菓子が用意される。白豹は、姿が見えない以外は、完璧な家令である。

「……しゅ、朱景殿……も、いかがですか？」

言ってから、しまったと思った。侍女に、主と同じ席で茶を飲むことを勧める者はいない。怪しい言動になってしまった。部屋の空気が、重くなる。

「……そう。あなたもわかっているじゃない」

いや、わかっていないから訪問理由を聞いたんだが……。

戸惑う蓮珠をよそに、榴花が、まったくわかっていなかったことを口にする。

「そうね、用件は率直に言うべきね。陶蓮珠、あなたの紫衣の力で、官吏の席をひとつ用意していただきたいの」

予想外すぎる。おそらく、だるくて頭が回らないせいじゃない。本当に、わけのわからないことを言われている。

そして、これは蓮珠だけがわかっていないわけではないようだ。朱景も驚いた顔で自分の主を見ている。

ということは、色々すっ飛ばされたと思われる部分を尋ねてもいいだろう。

「…………えっと、それは、どういうことなのでしょうか？」

蓮珠と侍女の視線を受けて、榴花が首を傾げる。

「え？　あなた、気づいているんでしょ、朱景が男だってことに？」

「え？　ああ、はい。そこは、たしかに……」

思わず、そこはわかっているのでと軽く流しそうになって、言葉が詰まる。いや、すごく大きな問題をはらむ事実のはずなのに、なんだか軽いことのようになってしまった。

「……すみません、やっぱりちょっと療養が必要なのかもしれないです」

蓮珠は額に手をやり、必死に考えた。だが、どれだけ考えても、朱景が男だと知っていることと、官吏の席を用意することが繋がらない。

「榴花様、いったい何を言い出すのですか！」

ついに、朱景が抗議の声を上げる。少し掠れた声でなく、完全に男声だ。

「……ほら、もう誤魔化せないのよ、朱景。遠からず、みんなに知られてしまうわ。そうなる前に、侍女としての朱景は姿を消さないと。そのためには、官職が必要だわ」

なんだろう。榴花公主は、周りの理解力を過信しているのだろうか。本人は結論だけを拾い上げて話して、それで周りも自分と同じだけわかっていると思い込んでいる気がする。なんというか、さすが今上帝の親類筋。頭の回転が庶民とは違うようだ。ただ、叡明のほうが、やはり一段上なのかもしれない。あの方は、周りの理解力に期待していないから。

血筋って、意外と大きいのかもしれない。朱景の『諦めて、主が満足するまでとりあえずしゃべらせよう』感たっぷりの表情が、鏡を見ている気がしてきた。

「わたくしは、どうしても白鷺宮様の宮妃になりたいのです」

聞くことに徹しようとした矢先に、この話が出るとは。蓮珠は、とにかく心を無にした。

「華国にいたままでは、わたくしはいつまで経っても日陰で生きるよりない。でも、相国にくれば……」

なるほど、榴花公主の目的は、相華同盟を継続するとかしないとか、そういうことではなく、自身の居場所の確保だったようだ。華国内での榴花公主の立場を考えると、そういう考えに至るのも仕方がない気がしてくる。

「高大帝国の正統な後継者を標榜する華国にとって、この大陸上のすべてが『いずれ取り返す我が国の領土』なのです。どこまでいってもかつての高大帝国の領土であり、本音では他国など存在しない。そんな華国ではこの言葉は意味をなしません。……ですが、相国を興された郭《かく》氏は国という言葉をお使いになった。だから、わたくしも使いましょう」

長い前置きのあと、榴花公主は、またも予想外の言葉を口にした。

「陶蓮殿。……わたくしは、相国に亡命をしたいのです」

主が満足いくまでしゃべらせたら、とんでもないことになった……という顔で、固まってしまった朱景に、ものすごく親近感がわいてくる。よくわかった、これは血筋ではない。

たんに、同じ思いをしたことがある、という共感による連鎖反応だ。

「そうですか。……では、順序だてた詳しいお話を、しっかりとお伺いさせていただきます。長くなるでしょうから、さあ、朱景殿もお座りください」

朱景から尊敬のまなざしを感じる。そして、屋敷のどこかで、姿見えぬ家令がこらえきれなかった笑いに噴き出したような声が聞こえた気がした。

もっとも、蓮珠の返事は、詳細を聞くまでもなく決まっていた。

紫衣といっても、蓮珠は上級官吏の末席であり、現時点で所属している派閥もない。官職を与えるなどできやしない。

そもそも、相国民以外が相国の官吏になることは禁じられている。

「……残念ですが、朱景殿は華国の方、科挙の受験資格自体がありません」

榴花公主と朱景の出会いに始まる長い話の後で、蓮珠は頭を下げた。

「朱景には、この国に親類がおります。その方に、養子として引き取っていただければ、受験資格を得られますよね？」

食い下がる榴花公主に、蓮珠はどう答えるべきか迷った。榴花公主が言う、相国にいる朱景の親類は、自分にほかならない。三十路直前の独身の身で養子。しかも、乳幼児とかでなく、すでに成人した男性を……。

「せ、先例がないと思いますので……小官には判断できません」

そうとしか言いようがないな、と思ったところで、ふと思い出す。

「他国より嫁がれた皇妃様が、自身の侍女を養女として、相国民にした先例はありますね」

他でもない、蓮珠の母だ。蓮珠の母が父に嫁ぐにあたって、朱妃《しゅひ》の養女にしてもらってから、白渓に嫁いだ。母は実家との繋がりを断っていたので、親の婚姻許可を得られないという問題が生じた。その解決のために、当時の朱妃が養女にしてくれたらしい。

「では、わたくしが宮妃となったのちに、朱景を養子として相国民にできれば、科挙の受験資格も……」

「お待ちください、榴花様。相国に嫁がれるあなたに付き添ってきた、成年男子を養子にするって……、それはもう後世にまで語り継がれかねない醜聞です」

長く黙っていた朱景が、榴花を止める。

朱景の言うとおりだ。蓮珠の母の例は、朱妃と母の間の信頼関係以上に、同性だから許された部分が大きい。

榴花の望む形は、数段難易度が高い。朱景を侍女から成人男性に戻すことを含んでいるのだから。侍女朱景が消える、そこまでは、まあ病なり事故なりで亡くなったことにできなくはない。だが、それまで存在していなかった隣国の成人男性朱景が、急に相国内に現れるのは大問題だ。入国記録にない他国の者は、たんなる密入国者でしかない。即刻、牢獄行きである。

「……それに、僕は榴花様に拾っていただいた日に誓いました。生涯、榴花様のおそばにお仕えすると。だから、相国の官吏になるなんて、できません」

「だめよ、朱景。あなたは、あなただけは、幸せにならなきゃ……。朱家の方々に申し訳がないわ。なにより……そうでなきゃ、わたくしが耐えられない」

身も心も二人の距離は近い。幼い日から朽ちかけた屋敷で寄り添い合って生きてきたから、二人の絆は強く、固く、分かちがたい。

まるで、范才人と侍女殿のようだ。いつかみた、後宮の廊下を寄り添うようにして歩いていた二つでひとつの人影を思い出す。

それを思い出してしまったからには、もう首を突っ込むよりない。なにせ、この二人、一人はこの世で唯一残された血縁、もう一人は溺死するところを助けた相手だ。縁は蓮珠の脚に絡みまくっている。

やはり、首を突っ込まざる得ない状況が勝手に向こうからやってくるのだ。蓮珠は翔央と話したことを思い出し、小さく笑う。そして、その笑いを二人が誤解しないうちに、口を開いた。

「わかりました。この陶蓮珠、お二人の幸のため、できるかぎりのことをさせていただきます」

言ったとたん、屋敷のどこかで見えない家令が、盛大に噴き出しているのが聞こえた。

何事かと驚く二人に、蓮珠は説明することを放棄した。

「……あれは、家鳴りの一種だと思ってください」

陶家の家令は、姿以外に何一つ隠す気がないようだ。


大寒の末候に入った。今年もあと五日ということだ。行部は最終的な部署間調整を終えて、ようやく肩の荷を下ろした。

「春節関連が終わっても業務はあるからな、明日も忘れずに登城しろよ。それさえ、覚えていれば、今日は全員これで上がりだ」

張折の言葉で部署内に歓声が上がる。上げてから全員が、まだ声の出る体力残っていたんだと笑うほどに疲労困憊していた。

「これからようやく自分の家の春節準備だ……」

蓮珠は宮城を出たあと、栄秋の街で剪紙《せんし》のための色紙を買った。剪紙は、お祝い事に欠かせない切り絵飾りだ。特に春節にはどの家でも作って窓、壁、玄関、扉などに貼り付ける。図案には、健康・長寿・子孫繁栄などを意味する縁起のいいものが選ばれる。大陸のどこでも見られるものだが、場所によって多少の違いがあり、相国では特に花や果実の図案が好まれる。

「広い家になったことだし、たくさん作らないとね」

そんなことを呟きながら官吏居住区の自分の家に戻ったのだが、なぜか門の前に馬車が停まっていた。街中を馬車で移動など上級官吏でもめったにすることではない。貴人用のものだった。

「まさか、また榴花公主様……？」

「あら？　榴花公主が来たことがあるの？　聞き捨てならないわね」

降りてきたのは、威公主だった。しかも、黒錦に金糸の刺繍が施された正装をしている。

蓮珠は、すぐさまその場に跪礼する。

「……な、なぜ、そのようなお姿で我が家に？」

朝議では、榴花公主の恩人発言により疑いを回避したが、後宮に出入りしていたことは否定できていないし、できやしない。そんなときに、威公主から蓮珠の自宅を訪ねるとは、威寄りの疑いを強めることになる。事実、周囲の官吏たちの家から視線を感じる。

この手の政治的なことを良くわかっている人だというのに、いったい何を……。

蓮珠が少し顔を上げて問うと、威公主は息を吸ってから、よく通る声で言った。

「決まっているじゃない。お前の見舞いに来たのよ。でも、思ったより元気そうじゃないの。ならば、お前からワタクシに会いに来ればいいのよ。まったく、お前が来ない威宮は退屈だわ。だって、相の者で威国語を話せるものが少ないんですもの。首長様に外交を学べなんて言われたから我慢してきたけど、まったく威国語が話せないなんて、ワタクシ、すぐにでも威に帰って、首長に言いつけてやるんだから、相国の者たちが、ワタクシの話し相手を取り上げたんだって、ワタクシを冷遇しているって！」

ありえないほど子どもっぽい話し方で、わがままをまき散らした。途切れなく言った内容を解して、蓮珠は、その目的を悟り、威公主を止めることなく、言われる側に徹した。

普段の威公主を知る者が見たら、演技だとすぐわかるが、このあたりに住んでいる官吏やその家の者には、噂の威公主とは、こういう人か……と思うだろう。

「お前が来ないから、読む本がなくなっちゃったのよ！　出歩けるなら、さっさといつもの本屋に案内しなさいよね！」

威公主が蓮珠の官服の袖を引っ張り、馬車へと引っ張る。

「は、はいぃ！」

騒ぎを覗いていた人々が、気の毒に……という目で蓮珠を見送っていた。

そんな視線をものともせず、蓮珠を馬車に放り込んだ威公主が、周辺にも聞こえる声で馬車を出させる。

「さっさと出しなさい！　本が買えなくなるじゃない！」

威公主の激しい物言いに御者が慌てて、馬車を動かす。動き始めたのを確認し、威公主は外に出していた顔を引っ込めた。同時にその場に突っ伏す。

「……だ、大丈夫ですか……？」

思わず蓮珠は問いかけた。

「だめ……、恥ずかしくて……死にそう。……あと……喉痛い……」

大きな声で一気にまくし立てたせいか、威公主は肩で息をしていた。

「申し訳ございません、威公主様。小官のために……」

蓮珠は、狭い馬車の中で跪礼した。

「いいのよ、陶蓮にはずっと負担をかけてきたのに、今回みたいな不名誉を被るなんて、ワタクシのほうこそ、謝らなければいけないわ」

息を整えた威公主が、首を振った。

「あ、いや、そっちより先に、こんな手しか思いつかなかったことのほうを謝るわ。疑いは晴れるでしょうけど、当分の間、お気の毒さま……って目で見られるかも。それはそれで、屈辱って言えば屈辱だものね」

威公主は居住まいを正すと、すまなそうに眉尻を下げた。

「陶蓮と榴花公主の件が耳に入った時は驚いたわよ。よもや、お前が威宮に来ていたことを、朝議のような公の場で、追いつめるための材料として利用するなんて。相の後宮って、皇妃のほとんどが素直というか嘘がつけない人ばかりで助かったわ。後宮の外の話を隣国の公主の前でしてくれちゃうのだから。でも、今回は、その危機感のなさがありがたいわ。日が経てば、疑念に真実味が出てしまったでしょうから。その場ですぐにお前の疑いを否定した榴花公主にも感謝ね。まあ、色々裏はあるんでしょうけど」

威公主は、『榴花公主のすることに裏あり』を強調してから言葉を区切った。

「……で、その榴花公主がお前のところに来たってことは、裏があったんでしょう？」

「裏というか、裏のような表というか……」

さすがに榴花公主の目的について、威公主には話せない。ある側面で、これは政治的で外交的な問題だから。だが、一国の公主の権力は、一介の官吏に言えと強要することも可能だ。言葉に詰まる蓮珠に威公主がひらひらと手を振る。

「詳細はいいわ。陶蓮にも立場があるでしょうし。榴花公主が他国の、しかも朝議という公の場であっても、堂々と裏がある言動のできる人だってわかれば、それで充分よ。ワタクシもそれを前提としてお付き合いさせていただくから」

こういうところが威公主だ。蓮珠が安堵していると、威公主が首を傾げる。

「……でも、朝議の場に出てきて、陶蓮を庇ったってことは、榴花公主ご本人は、一連の事件に関わっていないってことかしら。寝返るなら、もう少し時機と場を選ぶわよね」

「自作自演じゃなかったってことですよね。……でも、あの仕掛けてくる絶妙な時機を、本人の協力なしにできるのでしょうか」

自作自演の噂は、威公主が拾ってきた話だ。この点は意見を聞いてみてもいいだろうと口にしたのだが、威公主は押し黙り、傍らに置いていた剣を手にした。

黙ったことで気づく、馬車の速度が上がっている。街中を走らせているとは思えない暴走状態だ。

「威公主様、これは……？」

問うも、彼女は唇に人差し指を当てて、蓮珠を黙らせると、御者に尋ねる。

「何者？」

「わかりません！　相手は単騎、並走していますが、急速に寄せて……避けきれません！」

威公主が黒錦の上衣を脱いで、蓮珠に放り投げる。

「陶蓮、床に伏していて。……蹴散らしてくれる！」

これが戦闘騎馬民族と言われる威の公主か。かぶせられた上衣の下からその表情を見て、背筋が冷たくなる。戦いを望まない。そんな言葉では、それこそ蹴散らされるような戦う者の顔がそこにあった。

威公主が走行中の馬車から勢いをつけて飛び出す。

「威公主様！」

伏せてなどいられない。蓮珠も馬車の乗降口から顔を出す。

馬に乗っているのは殿前司の鎧だった。そして、手にしているのは、剣でなく棍杖……。

「うわあぁ、威公主様！　そちらは、白鷺宮様です！」

一瞬の間のあと、蓮珠は力の限り叫んでいた。


宵口の宮城の門を、単騎の殿前司を伴った馬車が一台入っていく。皇城へ向かう道を進み、人気がなくなったところで両者の動きが止まる。

「ワタクシの乗っている馬車に単騎で寄せてくるとか、いい度胸ですこと」

「相国の官吏を自宅から連れ去っておいて、よく言えたものだ。我が国の法に則り、牢獄へご案内しようか？」

とりあえず落ち着いて話せる場所まで移動しましょうと提案したのは、蓮珠だった。場所はいいが、まったく落ち着いた話にはなりそうにない。

「ここは城内です。穏便に、誤解を解くところから始めませんか？」

恐る恐る提案した蓮珠に二人分の視線が突き刺さって、言葉を失う。

「……陶蓮、これは、武を貴ぶ者同士の話なの。互いに武器を手にして向かい合ったなら、相応の決着をつける必要があるのよ」

「そういうことだ」

文人の対立も論をこねくり回した嫌味の応酬で性質が悪いが、武人の対立も話し合うという選択肢が最初からなくて、そうとう性質が悪い。

「黙りませんよ、わたし。目の前で相威の戦端が切られるなんて、西王母が許しても、わたしが許しませんから」

蓮珠の視線に、二人はそれぞれに自分の手にある武器を見下ろす。

しばしの沈黙の後、お互いに武器を収めた。

「まあ、いい。蓮珠が無事であれば、それで問題ない」

「ワタクシが陶蓮を危険な目に遭わせるものですか。……むしろ、問題にならないように家まで行ったのよ」

武器は収めても、口は収まらないお二人でいらっしゃる。

「えっと、まず白鷺宮様にお尋ねいたします。なにゆえ殿前司のお姿で？」

「白豹から急な報せが来たんだ。蓮珠が突然現れた馬車に攫われたと。この格好なら馬で城門を出るのに、それほどうるさく言われない。叡明の格好だと大騒ぎだ」

嘘ではない。威公主は突然馬車で現れ、蓮珠を人さらいのように馬車に放り込んだ。なんだろう、最近、事実とは何かを深く考えたくなることばかりだ。嘘はついていないのに、本当のことは言っていないが多すぎる。

それにしても、馬で出るなら殿前司の鎧姿が最速で城門を通れるとは。皇族というのも不自由だ。

「威公主殿の用件は、先ほどの発言で理解した。蓮珠のために無茶をしていただいた。感謝申し上げる」

「白鷺宮様は、陶蓮の保護者のようなことを仰いますのね」

その側面無きにしも非ず。邑を焼失した蓮珠を拾って、都まで連れてきてくれたのは翔央なのだから。

「保護者ではないが、蓮珠を護る者でありたいと思っている」

「ド直球ね。あの性格がひねくれ……というより、よじれている方のご兄弟とは思えませんわね。聞いているほうが恥ずか……、ちょっと、言われた本人が顔真っ赤になって、呼吸忘れているみたいだけど？　陶蓮、大丈夫？」

大丈夫じゃありません。このところ、皇帝状態の翔央としか会ってなかった。当然ながら、叡明のフリをしている翔央から出てくる言葉は、よじれている。

「普段から口にしないから、こういうことになるのよ。ハルを見習うことね」

「威公主殿こそ、堂々と惚気ておられる」

翔央が呆れた顔をした後、蓮珠のほうを見た。

「武官の俺は白鷺宮ですらないからな。皇族じゃない俺は、皇帝にとやかく言わせない。誰のことも気にせずに、言いたいことを、そのまま口にできる」

二方向の意味で、蓮珠の心臓が跳ね上がる。

翔央が変わらぬ愛を示してくれたことに、同時に皇弟が兄帝の意見を退けると宣言したことに。

「翔央様、主上を軽んじる発言をなさってはいけません」

どこで誰が聞いているかわからない。発言の事実が利用されるかもしれない。

そうなれば、この人は本人の意思にかかわらず、兄帝を倒す御旗に掲げられてしまう。

近いから、敬意が足りない言葉遣いになってはいる。でも、それは翔央が叡明を敬っていないということではないのだ。翔央は、彼なりに兄を大事にしているし、心から仕えている。

「……蓮珠、ここで叡明を持ち出すのは……」

翔央の苦り切った表情に、蓮珠は首を振る。

「兄弟といえども、人と人。繋いでいるのは血でなく心です。翔央様が主上を大切にしているお気持ちを、蔑ろにする言葉を口にしてはいけません。心のままを言葉にするというのであれば、兄上様を大事に思う気持ちも偽ってはいけないんです」

この感覚は、後宮にいたことで身についたものだ。あの場所は、政治の思惑が複雑に入り組んでいるから、いつだって発言に細心の注意が必要になる。自分の賜った宮の奥、寝所に置かれた寝台に突っ伏して、ようやく愚痴の一つも言える。そういう場所で養われた感覚が警鐘を打ち鳴らしている。

「陶蓮は心配性ね。……でも、正しい判断よ。ここは都城。ありとあらゆる陰謀が渦巻く場所。自分の国、自分の生まれ育った城。そここそが、皇族がこの世で最も油断してはいけない場所だと思うわ。ここが威国なら、明日にでも内乱発生よ。白鷺宮殿は、ずいぶんとご兄弟に恵まれていらっしゃるようね。利用することも利用されることもお考えにならないなんて」

威国は、十八の部族を束ねる首長の元に、各部族長の娘が嫁ぐのだという。異母兄弟は、そのまま部族同士の対立を背景に持っている。そんな国に生まれ育った威公主からすれば、相国の皇族兄弟は、きっと緩い関係だ。先帝の第二皇子だった英芳は、皇帝となった弟を廃そうとして、失敗した。皇位継承権をはく奪されたが、存命であり、母后の一族である孟家は今も朝議に出ている。今の相は、そういう国なのだ。

「納得なさらないなら言い換えますわ、白鷺宮殿。貴方の発言は、貴方自身だけでなく、陶蓮をも危険にさらすのです。誰がその仲を認めようと認めまいと、貴方の危機に陶蓮は巻き込まれてしまう。陶蓮に官吏以外の姿を持たせたのは、貴方なのですから。そのつながりは、どれほど隠しても、暴く者が出てきます。彼女を護るというのなら、貴方はまず自身の身の安全を絶対のものにしなくてはならないのです」

同じ皇族として、言葉を選ばない威公主は、蓮珠の立場では言えないことを次々と口にする。

「いいですか。陶蓮は、この威国公主筆頭であるワタクシの大事な友人です。陶蓮を危険な目に遭わせることは、ワタクシが許しません。ご自覚なさって。貴方が一介の武官でいられる場所なんて、どこにもないのです。国のどこに居たって、常に思惑を秘めた耳目が、我々皇族を取り巻いているのですから」

蓮珠としては、自分だけでとどまるなら、危険を冒すことにためらいはない。でも、自分が皇后の衣をまとっている時になにかあれば、それは必ず翔央に繋がってしまう。そこで、蓮珠の単独犯だと切り捨てることができない人だと知っている。だから、蓮珠は慎重に慎重を重ねる。

「……相威間に再び戦争が起きては困る。威公主殿、貴女の言葉は胸に留めておこう」

翔央の手が蓮珠の髪に触れ、そっと撫でる。

「……俺は、おまえ以上に、皇位継承第一位となった白鷺宮の宮妃に相応しいと思える女性を知らない。俺の覚悟は決まっている。叡明が戻ったら、もう一度話す。時間はかかると思うから、返事は今じゃなくていい。どうか、ゆっくり考えてほしい。この国の今を見て決めるのでなく、もっと先の先、この国から本当に戦争がなくなり、俺がこの棍杖すら持つ必要がなくなった時、俺のとなりに、誰が立つべきか、考えてみてくれ」

瞼に口付られた。やはり、この行為は、返事を伴うものらしい。

「ホント、ド直球ね。表立っては無理だけど、陰ながらおも……応援しているから」

明らかに、面白がるつもりだった、この人。蓮珠は危機感から半歩身を引いた。

「それはそうと、いいかげん人さらいのままでいるわけにはいかないわ。陶蓮、家まで送るからもう一度馬車に乗りなさい」

「いえ、そんな恐れ多い。ここからなら歩いて帰りますよ」

貴人の馬車が自宅前に何度も止まるというのは、やはりよろしくないだろう。

「なんだ、馬車が目立って嫌なら、俺が馬で……」

蓮珠は、翔央が言い終えるより前にお断りさせていただいた。

「殿前司の馬に乗せられてとか、本当に人さらいから救われて自宅に戻ったみたいじゃないですか。お断りします」

背の高い鎧姿の男が肩を落とす後ろ姿は、敗残の兵に見える。

「……もし、翔央様がよろしければ、いつもの街歩きの格好で、送っていただけますか？」

「待っていろ、すぐに着替えて戻ってくるから。威公主、その間だけ蓮珠をお願いします」

場所がちょうど白鷺宮に近い宮城の西門から皇城に向かう道の途中だった。

「なにもなきゃすぐ戻るでしょうし、まあ頼みを聞いてあげるわ」

威公主がそう言った時には、もう翔央を乗せた馬はだいぶ離れていた。

「ここで何かなんてあったら大変ですよ」

これ以上何かが起こられては堪らない。蓮珠が空笑いで返すと、威公主は小首を傾げた。

「……なにかって、例のごとく廊下を塞がれてなければって意味よ」

廊下を塞ぐという言葉に、蓮珠の空笑いは引きつり笑いに変わる。

「ま、まさか、廊下の障害物……まだ続いていたんですか？」

威公主がコクコクと頷く。

「今朝もどこだったかで廊下に泥沼が出現したらしいけど」

泥沼……って。以前も思ったことだが、嫌がらせを仕掛けさせられる女官や太監は大変だ。道具をそろえるだけでも大仕事だろうに。

「ん？　ちょっと待ってください。……今朝も？　いったいどのくらいの頻度で起きていたんですか？」

問いながら、蓮珠の頭の中で記憶が渦を巻く。

李洸の調べでは、怪しい皇妃というのはいなかった。榴花公主への嫌がらせかもしれないと考えた時、それをする必要を感じられないのだ。皇妃は皇妃、宮妃になるかもしれない女性に嫌がらせをするほどの興味がない。むしろ、ほとんどの皇妃は、衣装の流行を生む街と言われる華国の都から来た榴花公主とお近づきになりたい。嫌がらせで榴花公主を閉じ込めるような真似は、政治的にも趣味嗜好的にもしそうにない……という話だった。

でも、今朝も廊下は汚されていた。

「何の目的で、華の主従を閉じ込めるのか……」

「榴花公主なら閉じ込められてなんかないわよ。外に出る経路はひとつじゃないんだから」

たしかに威公主の言うとおりだ。後宮は宮の集合体で廊下や宮の外の道は、一本道ではないのだから。

どこかを塞げば、別のどこかから水は流れ出ようとするものだ。

そう言ったのは誰だったか。唐突に頭に浮かんだ言葉が、蓮珠の思考の流れも変えていく。

「別のどこか……それを道の塞ぎ方で、導くことができる」

うまく包囲してやれば、流れは、狙った場所へと向かっていく。

「経路が決まれば、時機は計れる。だから、仕掛けた場所へ向かう経路を選ばせればいい」

ようやく見えた。やはり、華国の主従の自作自演ではない。二人は、廊下の障害物を避けて歩き、それと知らぬままに導かれたのだ。仕掛けのある場所に。

「蓮珠！　着替えてきたぞ！」

白鷺宮から翔央が戻ってきた。まとっているのは街歩き用の衣。それでは、皇城内は歩けない。

「翔央様！　主上になって、李洸さんを呼んでください！」

「……………はい？」

着替えてきたばかりの翔央の表情が固まっている。その顔を見て、言葉が止まるなら三ない女官吏などと呼ばれない。蓮珠は、そのままの勢いで、翔央に詰め寄った。

「わかったんです。絶妙な時機を狙って、仕掛けの前に榴花公主様を導く方法が」

蓮珠は、翔央が来た白鷺宮の方向を指さす。この方向の奥に後宮がある。

「例の廊下の障害物です！　あれは、榴花公主様への嫌がらせでも、宮から出さないようにするためのものでもなかったんですよ。あれは……意図した経路を通るように仕込まれたものである可能性が高いです！」

個々の障害物は、後宮の管理側の太監や女官が処理してしまう。後宮の嫌がらせは、まあまあ日常茶飯事だから、誰も上の上まで報告しない。前回のように、蓮珠が後宮にいたならもっと早く気づけたかもしれないが。

「そういうことか。あの男がやったのはほぼ間違いないと思っていたが、どんな手を使ったかがわからなかった。だが、これで追いつめられる」

翔央がうなずいた。

「とにかく榴花公主様と朱景殿を探しましょう。この仕掛けは、何も知らずに、ちょうどいい時機にそこへ行ってしまうようにできているんです！　早く保護しないと！」

小規模の仕掛けを発動させて、確実に致命傷を与えるための微調整を済ませたら、きっと本番の仕掛けに導かれる。

そうなる前に、榴花公主と朱景を止めなければならない。

皇城内で榴花公主になにかあれば、それは華との戦争へとつながってしまうのだから。

「それ以前に、わたしは二人と約束した。……どうにかする。それは、わたしの仕事なのだから」

あの二人の未来を、誰かの思惑なんぞで潰させるものか。蓮珠は自らに誓った。

「陶蓮、私だけ蚊帳の外かしら。お前の言う『あの人』って、誰？」

威公主が眉を寄せていた。そうだった。この場で相国都水監を知らないのは、彼女ぐらいだから。

「完璧な計画にこだわる元上司、現都水監の燕烈様です」

蓮珠は、確信をもってその名を口にした。

第七章　紅華、白に褪せる

榴花公主は、東五宮の南東、雲鶴宮に近い杏花殿に滞在していた。雲鶴宮を賜っている皇帝の末弟明賢の母后である小紅が華国出身だから、話し相手は近いほうがいいだろうという配慮からだった。実際両者は、穏やかな交流があるらしい。

「杏花殿内に榴花公主様のお姿はありません！」

李洸とその部下も含めて向かった杏花殿に、華の主従の姿はなかった。

「雲鶴宮に確認いたしました。女官の話では、毎朝小紅様の元へ朝の御挨拶にいらしていたそうですが、本日はいらっしゃっていないとのことです」

部下の報告を受けた李洸が、翔央に視線を向ける。

「時間が経っているということか……。では、宮城内に広げて目撃証言を集めよう。最後にいつ、どこで、誰と居たか、そしてどの方向に去っていったのかを調べるんだ」

翔央が言い、李洸の部下の数名が杏花殿を出ていく。

「李洸、用水路の下流も確認させるか？　考えたくないが同じ手で……ということも」

杏花殿内の各部屋を確認しながら翔央が問いかける。別の部屋を確認した李洸は、振り返ると即答した。

「報告は受けていません。もしや、相手もこれまでのようにすぐに助けが入る、人に気づかれるといった方法は避けて、見つかりにくい方法に変えたのでは？」

これには、翔央が即答する。

「見つかりにくい方法？　その場合の相手の目的はなんだ？　言ってはなんだが、榴花公主は見つかってこその被害者だぞ」

その点は李洸もわかっているようで、翔央にうなずき返してから「ですが……」と疑問を提示する。

「それなりに時間が経っているようなのに、どこからも報告は来ておりませんでした。現場を誰かに見せることにもこだわっていたようなのに。これまでの想定とは、なにかが変わってしまった可能性が高いのでは？　もしくは、これまでの犯人とは違う誰かに狙われて、連れ去られたか……」

室内の棚を確認していた翔央が、苦笑いを浮かべた。

「……皇城内でかどわかしに遭うとかありえないだろう」

寝所を確認して戻ってきた蓮珠は、翔央の背にためいきをつく。

「……なくはないですよ、主上。官吏が男女同じ官服になった原因の一つが、皇城内で宮女が突然消えることがあったから、女の格好をして歩き回るのはよくないと、昔聞いたことがあります」

蓮珠の言葉に翔央は李洸と顔を見合わせる。

「俺は純粋に国に金がないから、官服を別に用意できなかったと聞いた。張折先生の話だから、どこまで本当かわからないが」

「……その理由もその理由で怖いですね」

蓮珠が頬を引きつらせると、李洸も無言でうなずき同意した。官吏なんて国がつぶれたら失業である。街の人々のように手に職があるわけでもない。国が国としてあるから仕事がある。

「もしかどわかしで、相手側からの要求がないとしたら、榴花公主だと気づいてない可能性もあるかもしれませんね」

蓮珠はとりあえず国家の財政に関して考えるのを放棄した。翔央は棚を離れると、長椅子に腰を下ろす。

「とにかく榴花公主が不在だと騒ぎになるのは時間の問題だ……」

「主上、高勢殿とお話しさせてください。廊下に置かれた障害物は管理側の太監の方々が処分したはずです。わたしの作った建物配置図上でふさがれていた道を確認すれば、今朝の時点で、榴花公主様をどこに導こうとしていたのかがわかるはずです」

蓮珠が言うと、翔央が命じるより先に李洸の部下がまた一人、杏花殿を走り出ていく。

「首謀者は、皇城内で榴花公主を害することにこだわっていた。手っ取り早く相国側を不利に追い込むためだ。高勢を待つ間にも杏花殿内を隈なく探せ。どこかに仕掛けや証拠類が残されているかもしれない。相手の思惑どおりにさせるな。なんとしても企ての証拠を見つけるんだ！」

翔央はその場の面々に命じると、自らも殿内の捜索を続ける。

「……さっきは、ああ言ったが、これまでのやり方を考えるに、この首謀者は人目に付くことを狙っている。状況的に誤魔化せないように、人目のある場所を選んでいる。杏花殿のような人目に付きにくい場所で事を起こさないだろうから、何かが残っている可能性は低い。見つかったとしても、首謀者につながるようなものではないかもな」

翔央が苦々しい表情で、部屋の柱に額を当てる。

燕烈が首謀者であることを示す証拠がまだ見つかっていない。だが、関わっていると見て間違いない。問題は、朱衣の中級官吏である燕烈では、皇城内の奥や後宮には入れないことだ。障害物をどう置くかを企図したのが燕烈だとしても、実際に置いたのは彼ではない。手足となって動いていた誰かがいるということになる。関わる者が多いほど、企てはほころびが生じやすい。それでも、燕烈につながるものとなると、かなり難しいだろう。

「……場所だけじゃないでしょう。時機を計ることにもこだわっているようですから。この手の首謀者は、自身にとってこの機この場所と狙ったそれを動かさないはずです。燕烈殿を調べた際に、物事は完全でなければならない、そういう執着のようなものを持った方だという話もありました」

蓮珠は、かつてのことを思い出し、眉を寄せて李洸に同意する。

「李洸様の仰るとおりです。燕烈様は完璧な計画にこだわります。少しのズレも許せない人です。その分、うまくいかないことに遭遇すると、カッとなって手が出る。……わたしの嫌な予感はそこです。計画に支障が生じるなにかが起きて、燕烈様が榴花公主様に手を上げたのではないかと」

もしそれで顔に傷がついたとして、人目を避けるために消えた。そうであれば、良くないけど……『良い』と言えるかもしれない。生かしておく気はあるはずだから。

「どうであれ、十分に問題だな。……あの男、この国を恨んでいるのか？」

翔央のぼやきに蓮珠は首を傾げた。

「……燕烈様が、この国を、ですか？」

「そう考えるのが妥当だろう。徹底して、相国を不利に追い込もうとしている。先日の朝議でも、やたらとお前を……、いやこの国の官吏を犯人にしようとしていた」

蓮珠はさらに首を傾ける。

「んー、昔からあんな感じで自分の都合のいいこと以外視界に入れない人だったので、あまりピンときません」

　李洸が小さく笑う。

「かつての上司だったそうで……」

　なんだか『お疲れ様です』という声まで聞こえた気がした。

「そうですね。……これを言うのは悔しいのですが、治水計画の図面を引かせたら右に出る者はいないような有能な人ではあるんです。中央に戻ったのが都水監というのもわかりますよ。ただ、完璧主義の人にありがちなことではあるんですが、ちょっとしたズレが許せない人でもあるんです」

　蓮珠は今に至っても、燕烈の仕事自体には否定的になれない。とにかく先の先を見据えた治水計画には、驚かされた。治水計画の場合、先の先とは、数十年後のことになる。目の前の問題さえ片付けて、あとは後任が責任取ればいいと思う官吏が多い中で、燕烈は、その流域の何十年後まで背負っていた。ある意味、背負いすぎていたから、あのようにズレを許せない性格になってしまったのかもしれない。

「さらに、正しい・間違いが本当に本人都合なんですよ。自分の正しいに異を唱える者は、間違った存在であり排除すべき対象である。そういう人でもありました」

　河川の流域にある街の発展を考慮に入れることは、誰でも同じだが、未来に対する考え方は、どうしても意見が分かれる。その違いを許せないのが、燕烈という人だった。

「不正の始まりも計画と現実で予算が合わなくなったことにあるんです。普通の官吏であれば、計画を現実に合うように変更を加えますよね？」

蓮珠の言葉に、李洸が同意を示す。官吏の多くが経験する話だが、現場の状況は刻一刻と変わってしまうので、それに対処せざるを得ない。なかなか最初から最後まで計画通りにはいかないものだ。

「でも、燕烈様は、計画のほうに現実を合わせようとした。完璧な計画は、寸分の狂いもなく計画通りでなければならないから」

燕烈は、先の先まで考えて計画を立てる。変化のふり幅も最初から計算に入っている。にもかかわらず、それを越える現実は、時に発生する。その読み切れなかった変化を、燕烈は自分の立てた計画にはめ込むために歪ませようとする。

「自分をすごい人間にしたかったのだろうか」

翔央の疑問に、蓮珠は一定の同意を返した。

「そうかもしれません。見た目には計画通りですから、燕烈殿のさらに上の人たちからすると有能な人材だったと思います。とても評価が高かった。下についた者は、つじつま合わせに奔走させられる地獄が待っていましたけど、上が庇うからどうにもできなかった。

もっとも、わたしは遠慮がない気質なので、計画を現実に合わせるように上に訴えました。まあ、無視されましたけど」

「でも、お前の訴えが実を結んで不正が発覚し、燕烈が左遷されたんだろう？」

翔央が言うから、蓮珠は苦笑いするよりなかった。

「わたしの訴えが通ったのは、別の部署に異動してからのことですよ。元居た部署の予算に違和感を覚えて、ちゃんと確認したほうがいいと上司に。この上司がたまたま燕烈様の当時の派閥と対立関係にあったから、嬉々として追及した……という。燕烈様からは、もう部署も違うくせに訴えやがってと言われなき恨みを買ったあげく、『遠慮ない』が付きまして晴れて三ない女官吏と呼ばれることになりました」

翔央が額に手をやる。言い方が自虐的過ぎただろうか。

「……どうしました、翔央様？」

翔央が少し唸ってから、ため息をつく。

「わが父ながら、なにを考えて統治していたんだと情けなくなってきただけだ」

しまった。先帝批判になっていた。蓮珠が慌てて跪礼しようとすると、別方向から、さらにため息が重なる。

「親の考えなんてわかりませんよ。しょせん近い他人です」

李洸だった。李洸が私的なことを口にするのは、めったにないことなので、思わず跪礼しそこなう。

「珍しく手厳しいな、李洸」

翔央にしてもあまりないことだったらしい。

「李家の考えは、自分には理解できないので」

李洸が淡々と返す。

李家は、七名家の一つに数えられ、相国建国の初期から皇家に臣従している。李家の派閥は健在だが、李洸の父や祖父は朝議から退いている。李洸が丞相になった時点で、丞相筆頭となった李洸に上から意見を言う者があってはいけないという話だったと、誰かが噂しているのを聞いた。

蓮珠は、その考えに素晴らしいとさえ思ったが、李洸の表情からするともっと複雑な家の事情があるのかもしれない。

「李家のことは置いておきましょう。今は榴花公主様の行方です」

「そ、そうですね。……あ、でも、今までの話で思ったのですが、もし本当に燕烈様が関わっていらっしゃるなら、燕烈様にとって、もっとも都合のいい時を狙って、最終的な凶事は起こるはずです。ですから、榴花公主様は生きていらっしゃるはずです」

問題は、その『都合のいい時』がいつかだ。

「それが具体的に、いつどこかはわかりませんが……、え？」

床に置かれた大きな香炉、その足元に小さく鈍い光を見て、蓮珠は身を屈めた。

「蓮珠、どうした？」

翔央の声に、蓮珠は手にしたものを見せるべく振り返る。

「これが……。でも、どうして、ここに？」

佩玉《はいぎょく》だった。腰帯から下げておく玉と色紐を組み合わせた装身具には、玉の種類、色紐の組み合わせや編み方で派閥と派閥内での位置づけがわかるようになっている。

「翡翠に蒼玉、青と白の紐で組まれた蓮の花……」

蓮珠の手元を覗き込んだ李洸が言葉を止める。李洸は都の官吏の佩玉は、ほぼ全員分憶えていると言われている。その彼からすれば、これほどわかりやすい佩玉もなかったのだろう。それは、翔央も同じだったようで、彼は眉を寄せて、蓮珠の手にあるものを睨んだ。

「見覚えあるな。……たしか、翠玉殿が作ったと」

「はい。隠しようもなく、わたしの佩玉です。持ち歩けば、身代わりであることがバレてしまうようなものなので、家に置いてありました」

それがどうしてここにあるのか、蓮珠は寒気を感じた。

「考えられるのは、やはりお前を首謀者にするためだろう。……華国に対して相国側の首謀者を捕まえて突き出さなければならない。燕烈は、それをお前にしようと躍起だ。これまでもいくつかお前が不利になる証拠のようなものが仕掛けられていたから、おそらくその流れにあるものじゃないか？」

翔央の言っていることはわかっている。燕烈は計画に現実を合わせようとする人間だ。だから、最初の計画で蓮珠を首謀者にすると決めたなら、それは変えられない。なにがなんでも蓮珠を首謀者にするため手を尽くすだろう。

「でも、待ってください。……その首謀者の役割を与えられていたわたしは、いまこの場所にいるんです。榴花公主様の姿が見えなくなった以上、あちら側は首謀者をすぐにでも用意しなければならないですよね？」

蓮珠が言うと、翔央が肯定する。

「そうだな。表向き地方に出向させておいてよかっ……」

言いながら翔央も気が付いた。それは、李洸も同じで、全員が部屋の出入り口へと視線を向ける。

「そうです、良くないです！　馬を出してください！　……翠玉が狙われます！」

蓮珠の言葉を受け、翔央が強くうなずいた。

官吏居住区は、栄秋の西北にある。宮城に近いほど官位が高いと言われる中、陶家は従三品の官位でありながら宮城からそう遠くない位置にある。元の住人が二品だったことにある。

翔央の駿馬は、李洸たちを置き去りに誰よりも早く陶家に着いた。

「白豹さん！」

蓮珠は門を入ってすぐに家令を呼んだ。だが、応じる声はない。

それだけ嫌な予感が強くなっていく。白豹の本業はこの家の家令ではない。叡明が翠玉につけた護衛だ。

「翠玉！　翠玉！」

蓮珠は叫びながら家の中へ入る。そして、そこに広がっている光景に言葉を失った。

杏花殿とは違い、明らかに人が入った痕跡が残されている。倒れた椅子、割れた茶器、床に散らばり、踏みつけられた菓子。

「……す、すいぎょ……く……」

蓮珠は立っていることができずそのまま床に膝をついた。

帰ればよかった。蓮珠は床に落ちる涙を見つめ、そう思った。

威公主の馬車で、すぐに帰れば良かった。そうすれば、自分だけで済んだかもしれない。翠玉は助かったかもしれない。

「こ、これは……」

遅れて入ってきた李洸が言葉を区切り、すぐに連れてきた部下に屋敷内を調べるように命じる。

「李洸、庭にも人を出せ。奥は人が入ってきた様子がない。翠玉殿を連れ去ることだけが目的だったんだろう。どこから入り、どこから出ていったかを探せ」

奥を見に行っていた翔央が戻り、声を張る。

「蓮珠、しっかりしろ。翠玉殿の遺体はない。連れ去ったなら、まだ何かに使うつもりで生かしているはずだ。……おそらくお前を追いつめるためだろうが、それでも翠玉殿は、まだ生きている。立ち上がれ、奪い返すぞ」

生きている、という言葉に顔を上げる。

翠玉が生きている。そう信じるよりない。それが自分を追いつめるためでもいいから、生きていてほしい。蓮珠は、袖で涙をぬぐうと立ち上がった。

「庭に男が倒れています！」

その声のしたほうへと走る。白豹だろうか、そう思った蓮珠の前に、李洸の部下に支えられて身を起こす男がいた。その男は紫衣の官服をまとっていたが、朝議で見たことがない顔だった。だが、どこかで見覚えがある。

「まさか……朱景殿……？」

「……陶蓮珠……ですか？　そのお姿は、いったい……」

少し掠れた低めの声。蓮珠は確信して駆け寄った。朱景も青白い顔で、よろよろと蓮珠に歩み寄ってくる。だが、それを警戒して翔央が無言で蓮珠の前に立った。

「大丈夫です、わたしはこの方を知っています」

蓮珠は翔央に訴えて、朱景の前に立つと、彼を支えるために手を伸ばした。

「朱景殿、榴花公主様は？　何があったんです？」

問いかけると、朱景が蓮珠の衣を強く握る。

「陶蓮珠、どうか……榴花様をお助けください！」

縋りつく朱景を蓮珠は両腕にしっかりと受け止める。

「……助けて、というなら、まだ決定的な状況にはなっていないんですね？　わたしたちは、まだ榴花公主様を助ける余地があるんですね？」

問いかけに、腕の中の朱景が無言で何度も頷く。

「蓮珠……、その男が誰だって？」

翔央が不審そうに尋ねてくる。

「話すと長くなるのであとで。今は翠玉です。すぐに動きましょう。あの人は……あの男は、昔から完璧な計画を愛します」

心のどこかでわずかに有能な人だと思っていた。それももう崩れ去った。

「榴花公主様を連れ去り、翠玉も連れ去った。なら、決定的な状況はこれから訪れる。あの男の計算上完璧な瞬間は今ではなかった。だから、殺害でなく連れ去り。ならば、助ける機会はあるはずです。わたしを朝議で首謀者として告発した。あれが、計画の実行だったのなら、同じことをもう一度する。公の場で、榴花公主様と翠玉を使って、わたしを首謀者として追いつめにかかるでしょう」

翠玉を利用させるわけにいかない。あの子を公の場に出してはならない。

古参の官吏の中には、気づく者も出てくるだろう。それは避けなくてはいけない。

蓮珠の中の冷静な部分がそう警告する。朝議に引き出される前に、助け出さなくてはならない。

「李洸様、皇城に残した者から連絡が」

李洸の部下が声とともに入ってくる。

「燕烈殿が何か言ってきましたか？」

「いえ。……華の使節団より、明朝の再訪問の知らせが参りました」

「明朝だと？　こんな時に……」

翔央の苦り切った呟きは、蓮珠の心の叫びと同じものだった。

いつまでも陶家で大人数が顔を突き合わせているわけにもいかないので、蓮珠たちは、壁華殿で使節団の対処法を検討しようという話になった。

「すでに日は暮れている。明朝は急すぎるな。相応の思惑があると見て間違いないだろう」

翔央が言い、李洸が首肯する。

「榴花公主様の件でしょうね。おそらくの筋書きですが、到着した使節団は榴花公主を迎えに来たとかいった理由で出すように言う。こちらは出せない。使節団は、どういうことかと相側を問い詰め……、そこに榴花公主様と捕まえた首謀者を連れて燕烈殿が現れる、というところでは？」

李洸の提示した筋書きに、翔央も同意した。

「そんなところだろうな。……漫然と探しているわけにはいかない。使節団の到着は明朝。午前中には謁見の要請に応じなければなるまい。それも、榴花公主の無事なお姿でなければ意味がない。怪我や衰弱は、使節団に攻撃材料を与えるだけになる。時間がないぞ」

翔央の言うとおりだった。榴花公主を見つけて、使節団の前に差し出せばいいということではない。一国の、しかも文化一級国である華国の公主らしいお姿で現れなければ、結局そこを叩かれることになる。

「申し上げます、雲鶴宮《うんかくきゅう》様が主上に大至急のお目通りを願い出られております」

沈黙が落ちた皇帝執務室に、そんな声が入る。

「こんな時間に？　……わかった、通せ」

翔央が執務机の椅子から腰を浮かす。七歳の末弟が兄帝を訪ねてくるような時間ではなかった。ましてや、政治の場である執務室を訪ねてくるとは。

入ってきた雲鶴宮こと明賢《めいけん》は、遅い時間にもかかわらず皇族としての身なりを整えていた。

「明賢、珍しいな。壁華殿に直接来るとは……」

翔央が叡明として、落ち着いた声で問えば、末弟はまだまだ幼い笑みを見せる。

「まあ、そうおっしゃらずに兄上。明賢は母上の名代でございます」

口調は軽やかだ。かつて、入宮式の後の祝宴で会った時と同じ無邪気な声のまま。だが、兄のほうは、そこに含まれるものを感じ取ったようで、改めて問いただす。

「……なぜこんな時におまえが名代を？」

瞬間、明賢の目がスッと細くなる。

「僕個人が兄上に売りたい恩があるからですよ。手短にいたしましょう、母上が心配です。一人にしておくと、良くない雰囲気なんですよ」

声の調子が低くなる。七歳の子どもの顔が消え、兄帝によく似た考えの読めない表情に変わる。

「一人にしておけない……それはどういう意味だ？」

兄帝の問いに明賢が首を小さく振る。

「発言は僕が先ですよ、兄上。時間がないので、直球の確認をひとつ。華国と何か問題を抱えていらっしゃいますか？」

息を飲んだのは蓮珠と李洸の部下たちだった。翔央と李洸は表情を変えずに、明賢を見つめ返している。

「本当に直球だな。……抱えている問題は明賢も耳にしているだろう？　同盟継続のため榴花公主を白鷺宮の宮妃に迎えるように言ってきている」

自分のことを他人事のように言うこういうときの翔央を目にするたびに、蓮珠は何とも言えず胸が痛む。

「それはお聞きしております。ですが、それとは別件です。昨日今日ぐらいからの」

翔央が迷ったのは一瞬だったが、それだけで明賢は大きく頷いた。

「……あるみたいですね。では、それ関連でしょう。兄上……いえ、主上、改めてお話ししたいことがあります、人払いを！」

翔央が目配せし、皇后と丞相を残して、執務室の扉を閉めさせる。自分が残っていていいのかと蓮珠は思ったが、明賢は追い払うでもなく用件を口にした。

「主上に報告いたします。……最近、我が宮を頻繁に人が出入りしております。それも母上の元に」

そう切り出した明賢に、翔央は無言で先を促した。

「今日も来ていました。母上が華の者になにかを言った様子です。いつもの世間話にしては短く、しかも華の者たちは、かなり急いで帰っていきました」

翔央が真剣な目で末弟を見る。

「華の者が雲鶴宮を訪れているのか。初耳だな」

兄帝の言葉を問と受け取り、明賢が補足する。

「いつのころからか、ほぼ毎日のように誰かしらが母の元を訪れています。遠目に見た印象から華国の方だとは思っていました。衣服はまちまちですが、大陸でも身長の高い人々が多い国です」

母后の元を訪れる客人に対して、七歳の子どもが冷静に観察していたようだ。感心しかけた蓮珠は続く言葉に、目の前にいるのがただの子どもではないことを悟った。

「華の方々は人を替えつつ、毎日のように母上の元へ挨拶とやらにきては、世間話をしていくようです。ですが、兄上もご存じのとおり、母上はほとんど宮を出ないので、あの方の世間話は基本的に皇城内で見聞きした事柄の話です。……そして、それらは聞く者によっては、ただの世間話にはならないと思うのです」

皇城内の話は、小さな醜聞から官吏同士の婚姻といった祝い事まで、場所柄どうしても政治と関わってしまう。

「今日、何を話していたか確認は？」

兄帝の言葉に、明賢が当然とばかりに頷く。

「いたしました。榴花公主様との日課になっていたお茶会がなくなったことが残念だった話をしていたと侍女が申しておりました。僕では、これにどのような意味があるかまではわかりません。ですが、華の者たちが慌てて帰るような内容だったのだと思い、兄上にご報告に参りました」

翔央が執務机を離れて、跪礼する末弟に歩み寄る。

「……いい判断力だ、明賢。戦局の見定めができないと、いい武将にはなれない。華の者たちがその世間話に見出した価値はわかった。すぐに対処する」

肩に手を置き、褒め言葉を口にした兄帝に、明賢が恐る恐る顔を上げた。

「あの……兄上……」

翔央は言い淀む明賢の肩を軽くたたいた。

「おまえが言いたいことはわかっている。小紅様が意図したことではない。処罰は考えていない。……ただ、市井の者と気安くお会いになるのはお控えになったほうがいいとだけ、それとなく伝えてくれるか」

明賢の顔に安堵が広がるのが見て取れた。それは実に子どもらしい表情だった。

「陛下のご恩情に感謝いたします」

翔央は、深く頭を下げた末弟の肩をもう一度軽くたたくと、気をつけて宮に帰るように言ってから部屋を出す。

「小紅様を使うとは、考えたな。あの方ほど無意識の情報提供者に向いている方もいない。政治には関わらないが、間違いなくこの城内でも屈指の情報網をお持ちだ」

皇后は女性の社交的な面に積極的ではない。そのため、女性たちの社交は、威公主が持つ小説読書会と小紅のお茶会が二大勢力となっている。そして、威というだけで敬遠する一部の皇妃も小紅の誘いには応じるので、お茶会のほうが集まる人間が多いのだ。

「急いで帰ったということは、華の者にとっても予定外のことが起きたわけだな。そのうえで明朝の再訪問を予告してきた」

「今回の榴花公主様の件、燕烈殿の独断だったということでしょう。大至急、燕烈殿の屋敷を見張らせている者と連絡を取り、潜入を試みましょう」

李洸の即断即決に、翔央が許可を出す。

「わたしも行きます。翠玉の件もありますし、榴花公主様も知った顔がないと、こちらに従っていただけない可能性があります。……朱景殿の話からも、榴花公主様は色々と覚悟を決めてしまっているところがあるので」

翔央は止めようとして口を開いたが、そのまま閉じた。それを受けて李洸が問う。

「それなら朱景殿も動けますかね？　先ほどまでは、かなり憔悴していらしたが。できれば、屋敷内の案内はお願いしたい」

朱景の話によると、皇城内で何者かに囚われ、どこかの屋敷に運ばれたそうだ。それがどこなのか、栄秋に来て日が浅く城内しか知らない朱景にはわからないそうだ。屋敷内の一室に軟禁された榴花公主と朱景だったが、榴花公主は自分に利用価値があっても、侍女にはないと理解していた。そのため、朱景に男に戻って逃げるように言ったのだという。

朱景は納得しなかったが、助けが必要なのも事実だった。必ず助けを連れて戻る、そう約束して、見つけた衣をまとって軟禁されていた屋敷を出た彼は、まず宮城に向かった。朱景が頼れるのは、蓮珠しかおらず、彼女の家は宮城から向かった道でしか知らなかったからだ。そうして、たどり着いた蓮珠の家で、まさに翠玉が攫われるところに来合わせる。

「止めようとしたんです。……でも、僕では男たちに投げ飛ばされて終わりでした。情けない話です、すみません」

朱景はそう言って蓮珠に頭を下げた。

彼が紫衣を着ていたことが幸いした。陶家を襲った男たちは、通りがかりの上級官吏と思しき人物にそれ以上の手出しはしなかった。ここで、無関係の上級官吏が死体で見つかったとなれば、話がややこしくなると考えたようだ。

朱景は突き飛ばされたまま庭で気を失っていた。そこを李洸の部下にゆさぶり起こされたということだった。

朱景の証言を信じるかどうかで、蓮珠は翔央、李洸と少々対立した。

蓮珠は、榴花公主と朱景の間にあるものを知っている。あの二人の仲に裏切りはなく、侍女ではないことをわかっていて榴花公主が朱景を傍に置いていることも、公主という立場にありながら、自身の無事より彼の無事を優先にしたことも納得できる。

だが、翔央と李洸からしたら、怪しいことこの上ない。そう思うのもしょうがない、というのも蓮珠としては、理解している。

「朱景殿には、わたしからお願いしてみます」

蓮珠は別室で休まされている朱景の元へ行くことにした。


暗い部屋の中、朱景が顔を両手で覆ったまま椅子に座っていた。

蓮珠が歩み寄ると、ようやく顔を上げる。

「榴花様は……？」

蓮珠は首を振ってから、彼に一緒に燕烈の屋敷への潜入を頼んだ。答えはわかっているが、それでも同意を得るべき危険なことではある。

「もちろん行きます。……榴花様との約束です。おいていくと言われても、行くつもりでした」

強い目で、そう蓮珠に返してから、彼は再び顔を両手で覆った。

「僕には、五人の姉がいました。父が処刑された後、家に押しかけてきた衛兵に全員が当たり前のように言ったんです。自分たちは六人姉妹だ、と」

内容自体は、以前に榴花公主から聞いている。でも、彼自身の口で語ることそれに蓮珠は黙って耳を傾けた。

「姉たちの嘘は僕の命を繋ぎました。次は榴花様に」

嘘が命を繋ぐ。その言葉に蓮珠は、わずかにドキッとした。

「屋敷に迷い込んだ僕を拾ってくれたのです。『同じ年頃の話し相手に、この女の子が欲しい』と言い張って。僕を男とわかっていて、侍女としてお近くに置いてくださった」

ちゃんと聞いていることを示すために、朱景の手に蓮珠は自分の手を重ねた。ゆっくりと、手が下ろされて、目が合った。

「僕がこうして生きているのは、僕を想ってつかれた嘘の積み重ねです。……それでも僕は思うんです。僕を大切にしてくれる人に、嘘をつかせるような人間にはなりたくないって」

また胸がドキッと音を立てる。

「もう二度と、榴花様に嘘をつかせたくはない。……これは誓いです」

蓮珠はのばした手で朱景を包み込んだ。

「大丈夫。……あなたは大切な人を助けることができる。わたしもあなたも、二度と一人にはならない。一人になる恐怖から助けてくれた人を、今度はわたしたちが助ける番だと思う。……あのね、わたしの亡くなった母が言っていた。『朱家の血筋は、何かを貫くことに関しては他の追随を許さないんだ』って」

　だから、嘘をつきとおすのだ。事実のつぎはぎで、大切な人を奪われないために。

「……あなたは……もしかして……」

　朱景が目を見開く。だが、蓮珠は小さく首を振った。

「お互いに、もう帰る場所はあるから、その家の名は封じてしまおう、ね？」

「……そうですね。さすが黎明叔母さん、強いこと言うなぁ。でも、そうですね、父は先王も、今の華王も諫めた。華国のために、を貫いた。貫く強さが僕の血にも宿っているなら、必ずや榴花様をお助けできる」

　朱景がかすかにほほ笑んだ。

「僕の姉たちは『朱家の血筋は、強運を持っている』って言っていました。本来的には、全滅していておかしくないのに、あなたと僕と二人も残っているのですから、本当に強運があるんでしょう。……李洸様にお願いして潜入に向いた服を用意していただきましょう。この官服では身動きしづらい」

「慣れですよ。……相の官吏になって、慣れてみますか？」

　蓮珠の誘いを、朱景は笑って断る。

「いいえ。……僕はどこまでも榴花様にお仕えします。生涯、それを貫きます」

強い瞳。お互いに目を見合って、同じことを想い、うなずいた。

「さようなら、僕の唯一の血縁」

「さようなら、わたしの唯一の血縁」

もうこの先、二人の間をつなぐものがあったことは封じる。そう互いに誓った。

「……朱景殿は、気づいていたんですね、翠玉のこと」

朱景が『唯一の血縁』と口にしたことで、蓮珠はそれを悟った。

朱景の表情が曇る。彼は瞑目すると、掠れた声で返した。

「そこは、僕があの家の子どもだったからです。……幼くとも城に上がってもご挨拶をしました。そこで、見ています。華王に翠玉様を逢わせないほうがいい。似ています。とても……。話すと雰囲気が違うから、彼女に近い人ほど似ていると感じないかもしれません。でも、見た瞬間の印象は、ご本人かと思って心臓が止まりかけました」

朱景の指摘通り、蓮珠の記憶の中の朱妃は翠玉にあまり似ていない。だが、ふとした瞬間の顔に、似ていると感じる。それこそ、本人かと思って心臓が止まりかけるほどに。

「……妹です。わたしが危険を承知で燕烈邸に向かうのは、翠玉が妹だからです」

「ええ。……大切な人を迎えに行きましょう」

朱景が目を合わせて頷いた。

蓮珠は、朱景が言うように着替えを用意してもらおうと部屋を出た。その扉の傍らに翔央が立っていた。

「で、けっきょく、あの男は何者なんだ？」

話すと長いのには変わらず、そして今は時が惜しい。

「詳しくは、落ち着いてからお話しします」

蓮珠の返しに、翔央が片眉を上げる。

「それで納得しろと？」

「今は、朱景殿との約束が優先されます。一刻も早く、助けに向かいたいんです」

翔央は面白くなさそうに唇を尖らせたが、「今は譲る」とだけ言って、李洸の待つ部屋へと歩き出した。


月が傾き始めていた。時は刻一刻と夜明けに向かっていた。

華の使節団はすでに栄秋の一つ前の街についているという。都の門が開くと同時に城へと上がり、謁見を待つことになるだろう。

ここが勝負所だった。とにかく榴花公主と翠玉を奪い返さねば、この勝負は相国側の負けとなる。

静まり返っているように思われる燕烈邸の壁に沿って、蓮珠たちは移動していた。

「……あの……そちらの方は？」

李洸が用意した短褐に着替えた朱景が、小声で蓮珠に問う。

彼の視線の先には、黒ずくめの衣装をまとった少女が一人。手には双剣を持っている。

「潜入の専門家としてお呼びしました」

蓮珠が短く紹介すると、本人も悪い気がしないらしく、胸を張って鼻を鳴らした。

「いや、でも……威公主様ですよね？」

朱景は一応威公主を見たことがあるのだった。蓮珠はそれ以上の紹介を避けることにした。華国の朱景からしたら、威国は国交がなく、戦闘騎馬民族という話でしか知らない国の人間になる。この大事にかかわらせるのが不安なのは、蓮珠でもわかる。

「乗り掛かった船よ。……馬専門で、船に乗ったことないけど」

後半は言わなくていいと思う。妙なところで嘘をつきたがらない人だ。

「細かいことは気にしないの。下手に相の人間を使うとおおごとになるから、いい選択だと思うわ。さすが、陶蓮よ」

なぜかこの人選に威公主が自慢げだ。

「蓮珠殿は、威公主と懇意になさっているのですか？」

威公主に直接聞くのがはばかられたのか、朱景は蓮珠に尋ねた。だが、これに答えたのは威公主のほうだった。

「ワタクシたちには共通の趣味があるの。とても大切な同志よ。その頼みですもの、もちろん引き受けるわ」

一国の公主が一介の官吏を『とても大切な同志よ』というのだから、気恥ずかしくもなる。蓮珠が照れていると、朱景がしみじみと言った。

「……相も身分を越えた距離の近さを感じましたが、威はそれ以上なんですね」

「うちの国って、近いですか？」

わりと身分に厳格なほうだと思っていたのだが。蓮珠が小首を傾げると、朱景が驚いた顔をした。

「相では皇帝陛下が直言されていらした。僕は、それなりに長く榴花様の侍女としてお仕えしておりますが、華王様のお声を耳にしたことは一度もありません」

そう言われれば、朝議でも最前列の官吏ともなれば意見を主上に直接言う。これに対して、主上も直接言葉を返す。一回ごとに皇帝の側近を介して議論が進むということはない。ただし、蓮珠は朝議でも末席で始まりから終わりまで跪礼しているだけなので、主上の声を耳にしているからと言って、距離が近いとも言えない。

蓮珠と主上、丞相との距離感は、皇后の身代わりという特殊事情によるもので、日常的な距離感の括りでは測りにくい。

蓮珠が、朱景の言葉を否定も肯定もできずにいると、威公主が自国の事情を口にした。

「威は複数の部族を束ねて一国の形を成しているわ。首長の権威は絶対的だけど、大きな部族の長であれば、首長に意見することもできる。威国を名乗る前の合議制部族集団だったころの名残りってところね。当代の首長は、歴代の首長の中でも特に戦争による支配領域の拡大よりも交易による国の発展を重視していらっしゃるから、周囲の言葉によく耳を傾けているのではないかしら」

威公主がこの手の話をするのは珍しい……と思ったが、普段蓮珠と話すことと言えば、読んだ本の感想なので、これまで話題になってこなかっただけだった。

「まあ、今回手を貸す理由は友情だけではないわ。大陸の情勢を考えると、大国間でもめている場合ではないのよ。今しばらくは四方大国の間で緊張高めてもらっちゃ困るの」

どういうことだろうと尋ねる前に、朱景がハァーっと長いため息をつく。

「威の公主様は、政《まつりごと》にも参加なさるんですね」

蓮珠は威公主と顔を見合わせた。

「……ああ、華国では、そもそも女性が政治に関わることがないんでしたね。女性の王位継承権はなく、官吏も男性しかならない。女性が表に出ることはほぼない」

　思い出した蓮珠が言うと、朱景が難しい顔をする。

「そうですね。そこからして違います。……華国も遡れば、と言っても神話に近い時代まで遡ることになりますが、女性が王位についたこともありました。そもそも国の守護たる鳳凰は女性性の象徴ですから。まあ、今の国の理屈としては、守護である鳳凰を皇后の象徴とするのだから、王は男性でなければならないということなのですが」

　子どものころ、蓮珠も聞いた話だ。遠い昔、国の守護は人の形を取り、国主の傍らに居る存在だったという。ややこしいと思ったのは、それぞれの守護獣を国に遣わしているのは、別の神様だった。例えば、東の凌国の守護である青龍は東海竜王が自らの化身を遣わしたとされているし、相国の白虎は西王母が遣わした国の守護獣とされている。

「ですから、今の華国では、公式の場に女性が出てくることはありません。おそらく後宮の方々は、皇妃様方も公主様たちも政治に興味もないと思われます。ですから、威公主様のお話は、とても新鮮です」

　お国事情というのは、こうも違うものらしい。

「ワタクシにしてみれば、公主にある者が国の政治と向き合うのはあたりまえね。自分の国の政治に興味持てない人間が国の支配層に居たら、国民が路頭に迷うわ。民を導けるから上に居ていいのよ。民を導けない者が上に立つなんて、ただの迷惑でしょ？　ワタクシは、いずれ威国首長の妃になる身ですもの。積極的に政の中枢にかかわるの！」

胸を張る威公主に朱景が目を細める。

「華は文化的成熟を誇っていますが、その実、遅れているだけなのかもしれませんね」

おそらく、そう言えるだけで、朱景は華国でも柔軟な思考の持ち主といえるだろう。多くの華国の男性にとって、女官吏の居る相国は華国に劣っている……と考えているのだから。行部官吏として、段響の前に出た時、あからさまな視線を受けた。それを思い出し、蓮珠は俯いた。

馬車の中が静かになったところで威公主が小窓から外を確かめる。

「そろそろ燕烈邸に着くんじゃない？　作戦の確認をしましょう。まず、陶蓮が燕烈邸を訪問する。主と家人が訪問客に集中したところで、ワタクシが朱景と侵入。朱景の案内で華国公主のいる部屋に行き、連れ出す。その時機を見計らって、李洸殿が用意した栄秋府の捕吏の格好をした人たちに入ってもらって、燕烈殿を押さえてもらう」

蓮珠と朱景がうなずくと、威公主が眉を寄せた。

「救出後の榴花公主には威宮に来てもらいましょうか。華国が関わっているなら、奪い返そうと人を出してくるかもしれないでしょう？　後宮の奥にある威宮まではそうそう入ってこられないでしょうから。まあ、……ハルは来るけど」

突入前ということで威公主は、持ち物の最終点検を始めた。武器である双剣はもちろん、潜入用に鍵を開けるためのものや、追っ手を撒くための煙幕用の火薬玉もある。

「ハル？」

点検しながらの雑談に、こちらは特に持ち物のない朱景が問う。

「ワタクシの異母兄で、未来の夫にして、威国の次期首長よ」

黒太子をサクッと説明するとそういうことになるが、この説明ではなぜこの人が後宮の奥まで入ってくるのか全くわからないと思われる。

だが、朱景はまたも蓮珠の思ったのとは違うところに食いついた。

「兄で、夫で……国王！」

「……あ、そこかぁ」

思わず蓮珠は呟いてしまった。蓮珠は、すでに威公主と黒太子ハルを含む、威国の皇族構成を知っている。

威国は部族の集まりなので、部族間の繋がりを密にするため、全部族から一人ずつ首長の後宮に皇妃が入る。生まれた皇子のうち、首長とならなかった皇子は母親の出身部族の長となり、公主は母親の出身部族以外の長に嫁ぐ。これによりどの部族にも首長の血筋が入る。血縁による強い結束を作る仕組みだ。

「え、そこでしょう？　だって、異母兄ってことは同姓婚じゃないですか、そんなことって、ありえますか？」

朱景の言うこともわからないわけではない。同姓不婚は、それこそ高大民族の血に刻まれた決まりだから。だが……。

「誰がどうして禁止したの？」

威公主が朱景に問う。蓮珠は黙っておくことにした。

「……え？」

「知らずに言っていたの？　……ワタクシたちは、部族間の結びつきを強めることと、より強い戦士を生み出すためよ。戦闘部族の国に相応しい理由があるの。では、あなたたちの理由は？」

朱景にも体験してもらおう。威公主と向き合う時は、常に自分を問われるのだ。

「……むかしから……」

言葉に詰まった朱景が絞り出すように言った。

「どのくらい昔の、誰とも知れぬ者の思いつきを、頼まれたわけでもないのに後生大事に守っているの？　なぜ？」

「それは……」

曖昧さや軸のなさを許す人ではない。そして、これが異なる文化に接するということなのだと蓮珠は学んだ。

「己の正しさを語るなら、ちゃんと考えなさい。その正しさに責任を持ちなさい。他人の決めた正しさに乗っかっているだけでは、正しさを示したことにはならないのよ」

朱景が無言でうなずく。その表情に不満や反発の色はないので大丈夫だろう。

「……なんて言っているワタクシも相に来るまでは、威のすべてが正しいと思っていたから、あまり強く言えたものじゃないわね」

威公主がにっこりと笑う。

「朱景だったわね、あなたもワタクシと同じで幸運よ。陶蓮に会えたもの」

威公主が急にそんなことを言い出すので、蓮珠は焦った。

「なんですか、それ？」

「……目の前で無茶されると、冷静になって考えざるを得ないって話よ」

どう考えても褒め言葉ではない。

「……そこは、それこそ血筋のなせる業という気も」

朱景が空笑いする。まあ、朱家は『貫く』家なので、おそらく歴代無茶をしてきたのだろう。蓮珠も空笑いするよりない。

「なによ、二人して、同じ顔して……」

似てるとは思っていなかったので、蓮珠は朱景と顔を見合わせた。そこで御者が声を掛けてくる。

「予定の位置に到着いたしました。ここからは、それぞれの配置についていただいて、作戦開始と行きましょう」

恐れ多くもこの御者役は李洸である。作戦指揮をとるために燕烈邸まで出向いたのだ。なお、翔央は今回主上として皇城内に居なければならないので、おとなしくしているように李洸にさんざん言われて、未練たっぷりの目で送り出してくれた。

「陶蓮、しっかりねー」

威公主に送り出されて、蓮珠はついに燕烈邸の門前に立った。


その蓮珠とは離れた燕烈邸東の壁に向かう威公主が、傍らを歩いていた朱景の顔を覗き見てきた。

「あなた、陶蓮に会えて本当に幸運なのよ。この国の官吏のほとんどは、今回のような件で動いたりしないもの。……陶蓮は自国のためだけで動いたわけじゃない。表立って相の捕吏とか動かしたら、あなたたちの立場が苦しくなると思ったから、李丞相にも捕吏を出さないように言ってくれた。そういうところも陶蓮らしいわ。そんなだから、手を貸したくなるのよね」

威公主は足を止めると、朱景を一瞥する。

「春節直前のこの時期、相を脅すために送り込んでくるなんて悪意しかない。あなたたちの華国での立場がどういうものか想像がつくわ。もし……、相が華との同盟を切り捨てるつもりがあったら、二人は首だけで華に帰されることになるものね。華国側は、貴方たちを捨て駒のように扱った。まあ、今の相は華が売ってきた喧嘩を買うほど馬鹿じゃないけど。……特にあの切れ者は」

捨て駒という言葉に朱景は足元に視線を落とす。自分はすでにあの国に死んだはずの人間である。朱家は滅びたことになっているから。だが、榴花は？　この件を切り抜けて、生きて華国に帰ったとしても、その後も同じようにコマ扱いは続くのだろうか。

どうしたら、榴花を本当の意味で助けられるのだろう？

朱景の肩に手が乗る。顔を上げると威公主が表情を一段と引き締めていた。

「話はここまで。ここから行くわよ」

坂になったその場所は、他の壁とは違い高低差を補うための石垣のようなものがあった。

今は、榴花を解放することが優先だ。

朱景は大きくうなずいて、威公主の手を取った。


燕烈邸は、官吏居住区でも北のほうにあった。栄秋の街を囲む城壁に近い。時刻が遅いせいもあるが、人の多い栄秋でもこの辺となると人気がない。

さらに、燕烈邸は静まり返っている。門前で幾度か中に声を掛けたが、誰も出てこないどころか、なにも反応がない。

「……誰もいないのかな?」

陶家じゃあるまいし、家令も使用人の一人もいないのだろうか。

これでは囮の意味がない。とはいえ、居留守の可能性がなくもない。

「では、失礼いたします!」

蓮珠は一応礼儀として挨拶をしてから燕烈邸内に足を踏み入れた。

当方、『遠慮ない』との定評いただいている女官吏につき、人気がないくらいで引き下がることはないのですよ……などと、心の中でいいわけにもならないことを繰り返しながら、蓮珠は屋敷の奥へと入っていた。

ありがたくも官吏用居住区の住居は、だいたい同じような構造になっている。月明かりのさす薄暗い廊下を進むのに迷いない。

「閉じ込めるなら……地下の貯蔵庫かな？」

狭い都の住居では、地下に貯蔵庫を作って、納屋のように雑多なものを収納していた。官吏居住区の住居なら、それは厨房の裏手横に扉があり、下へ降りる階段がある。

「あった、ここから……」

扉を開けようとしたところで背後から声がかかった。

「……無茶しすぎでしょう？」

「ぴゃぁ……」

叫びは別方向から伸びてきた手に口を覆われて、消えた。

「こんなところで叫ばないでください」

少し掠れた低い声、朱景だった。

「入ってざっと見たけど人の気配がないわ」

威公主は難しい顔をした。

「地下はこれからよ。ここでダメなら移動させたと考えるべきね」

ここじゃないどこか。そうなれば、使節団の謁見に間に合わない可能性が高い。

「と、とにかく行きましょう」

蓮珠を先頭に、貯蔵庫に降りる。

「……誰かいる」

気配に敏い威公主が蓮珠に囁いた。

手持ちの提灯の小さな灯りをかざすと、そこには……。

「翠玉！」

壁にもたれるその姿に、蓮珠は思わず駆け寄った。

「陶蓮、ダメよ！」

威公主の声に反応して足が止まった。瞬間、鼻先を左から右へなにかが通り過ぎた。

遅れて、蓮珠の右の暗闇の中、壁に当たったらしいなにかが金属音を立てて落ちる。

動けないし、声も出ない。

「惜しかった。眉間がぶち抜けるはずだったんだが……」

左の闇から声がした。

「燕烈の旦那の言う通り、運だけはいいようだな」

「陶蓮、下がりなさい！」

動けない蓮珠の腕が思い切り引っ張られ、自分と位置を代わった影がその手の剣で振り下ろされた槍先を受け止めた。

「うぐっ……、朱景、明かりを消して、陶蓮と壁まで下がっていて！」

威公主の呻きが聞こえた。すぐさま貯蔵庫内を暗闇が満たす。

「双剣か。その身体なら妥当な得物だが、相手が私とは……お前のほうは、あまり運が強くないようだ」

続けざまに金属音が二度、三度と貯蔵庫の石壁に響く。

「……陶蓮珠。こっちへ」

囁き声の主が蓮珠の袖を引く。

「夜目は利くほうですか？」

「いえ、あまり……」

言うと同時に蓮珠の手が握られる。

「じゃあ、僕の手を離さないでください」

声も近い。こんな場所だが、緊張するではないか。

「しゅ、朱景殿、相国は心理的距離が近いようなこと仰いましたが、華国って身体的距離は近いんですか？」

蓮珠の問いに答えはすぐに返ってこなかった。見えなくてもわかる、朱景がポカンとしているだろうことが。

「え？　そうですか？　……もしかして、僕って、侍女を長くやりすぎて、女性との距離感間違っているんですかね？」

少し掠れた低い声が間近で困ったように言う。長く侍女で通せてきた細面の端正な顔立ち。これは、榴花公主もいろいろ心配するところだろうな、などと思ったが、今はどっかに置いておこう。

「壁伝いに、私がさっきいた方向へ進めますか？　威公主様が壁を指定したのは、四方石壁のここなら壁に沿って進めば翠玉のところに行けるとお考えになったのだと思います」

最初の身代わりの時、壁伝いに暗い宝物庫の中を歩いた話をしたことがある。

威公主は逃げろとは言わなかった。その意図は、これで正しいはずだ。

朱景に手を引かれ、壁に背をつけた状態で進む間にも、金属音は闇の中に響いている。

「く……、こんな場所で双槍使って……、この速さってなに？」

威公主が苦戦している。これに対して、槍の男は余裕だ。

「戦いの民に驚いていただけるなんて、光栄です」

見えないが音だけでわかる、激しい金属音から一転、空間が静まり返った。二人が少し距離を取ったようだ。

「あなた、たしか……燕烈殿が連れていた家令ね？」

威公主の指摘に驚くと同時に、蓮珠はその手の人って家令をやることになっているのだろうかと思わずにいられない。

「さすがです。かなり夜目が利くようで。……ええ、そういう顔もありますね。我々のような人間は長期潜入することが多いので、たいていのことはできるように教育されているのですよ。甘やかされてきた方とは違うんです」

そのたいていのことができるように教育してくれる場で、陶家の家令は料理上手になったのか。その手の人たちを養成する場所はすごい料理人を講師に抱えているのだろうか。

「く、くだらないこと考えてないと、緊張でどうかなりそう……」

呟いた蓮珠を気遣うように朱景が手を握る力を少し強くする。

こういう場で、味方と思える誰かがいることは心強い。

「もうすぐです。翠玉さんは、僕が引き受けます。あなたは、そのまま壁伝いに進んでください。その方が戻るより出口に……待ってください、翠玉さんの横に、もう一人居ます。……男性です」

まさか、白豹？　蓮珠も夜目が利かないなりに見ようとして気づく。見ても、白豹であるかどうかわからない。なにせ姿を見たことがない家令だから……。

「誰かわかりませんが、一緒に助けます。翠玉と一緒にここに囚われているのですから、被害者とみて間違いないでしょう」

　翠玉は蓮珠が、男性は朱景が引き受けることにして進もうとしたところで、急に後ろに身体ごと引かれる。蓮珠を抱き込む朱景の手の甲を掠めて、石壁に当たったものが落ちる。威公主の双剣の片方だった。

「流石です。私の双槍を相手に小柄で細い貴女がここまで粘るとは」

　槍の男の声は、威公主に向いていない。暗闇の中でも、自分を睨み据える視線を感じる。動けば、槍が飛んでくる。双剣の片割れを失った威公主がそれを止めることは無理だ。

　蓮珠は次にどう動くべきか必死に考える。無理をしてでも、翠玉は助ける。それは、希望でなく、願いでなく、意志だ。

「……姉様……にもっと鍛えてもらうんだったわ」

　威公主の悔しげな声を、蓮珠の前方からの声がやんわりと否定した。

「そこは『兄様』だろ？」

「ハル……！」

　緊張と絶望に肌をひりつかせた貯蔵庫の暗闇が一瞬にして白く変わる。

　強烈な光が空間に広がって、闇に慣らされてきていた目を反射的に閉じる。

「な、なに……ごと？」

呟いた蓮珠の身体が宙に浮く。何者かの手が蓮珠を朱景の腕の中からすくい上げた。

「……朱景……ど……の？」

「呼ぶ名前が違うな」

蓮珠を抱きかかえて呟く声。低く、でもよく通る声。間違えようがないが、間違っていてほしい。だって、この声の人は、今ここに居てはいけない人ではないか。

まだ眩しさに慣れない目で瞬きを繰り返す。

「翔央様……、本物？」

「……俺にも身代わりがいたとは知らなかった」

蓮珠の問いに応じる顔が目の前にあった。

「あ、その皮肉顔は本物です」

「おい、待て。それで確認されるってなんだ！」

この抗議は正しい。蓮珠は誤魔化すように視線を逸らせば、李洸が眉を寄せていた。

「お二人とも。人目憚らず顔を突き合わせるのはその辺で」

視線の逃げ場を失って、下に向けると、石床に男が倒れていた。燕烈の家令として付き従っていた男だ。

「この人が双槍の……」

「そういうことだな」

蓮珠の呟きに答えたのは、威公主を小脇に抱えた威の黒太子ハルだった。

「ハル、これはありえない！　だいたい、来ていたならもっと早く出てきなさいよね」

威公主の言うことはもっともだ。

「悪かった。人質の確保を請け負ったつもりでいたんだ。あと、お前が頑張っていたから、邪魔をするのは良くないと思ってな。……よくあの猛攻を耐えたな、強くなった」

ハルの褒め言葉に威公主が小脇に抱えられた体勢のまま、ハルに抱き着いた。

「翠玉を助けてくださったんですね、ありがとうございます」

蓮珠は翔央の腕から降ろしてもらうと、翠玉に駆け寄った。

「白豹が気付け薬をかがせていたから、すぐ目が覚めるだろう。……もう一人も」

翔央の声が一段低くなる。

「白豹さん、無事だったんですね。……ということは、この男性は白豹さんではない？」

蓮珠が首を傾げると、どこからか声がする。

「申し訳ございません、蓮珠様。翠玉様だけでしたら、一人でお助けできたのですが、もう一人いらしたので、判断を仰ぐ必要があり、一旦ここを離れました。叱責覚悟しております」

石壁に四方を囲まれ、ほぼ何も置かれていないこの貯蔵庫でどこから話しているのだろうか……という点は気になったが、折よく翠玉が目を開けたので、とりあえず考えないことにした。

「お姉ちゃん？」

「……翠玉！　良かった！」

抱きしめて、妹の無事を実感する。

「すごい！　本当に誠《せい》さんが言う通りになったね！」

翠玉が蓮珠を抱き返し、そう言った。

「誠さん……って？」

自然と蓮珠の視線は、翠玉の横で同じように気を失っていた男性のほうに向けられる。

白絹に墨絵のような草花が描かれた衣。見るからに優雅な衣装をまとった男性も目を覚ましていた。翔央と李洸が立ち上がるのに手を貸している。

「誠さんは前にも話したことがある趣味で勾欄《こうらん》やっている人だよ。ほら、家にある銅鑼貸してくれた」

翠玉は安堵からか、満面の笑みでそう教えてくれる。

だが、この人物が誰なのか語らない翔央と李洸が、立ち上がったその人を前に跪礼する。

二人がそれをする人物で思い当たるのは一人だけだった。飛燕宮の秀敬に似た顔立ち、文人皇帝といわれた優雅さが立ち姿ににじみ出ている。

「御無事でなによりです、父上」

翔央がごく小さな声でそれを口にする。蓮珠は、やはりそうかと思った。

翔央の父、つまり先帝、郭至誠《かくしせい》。先帝の御代では下級官吏のままだった蓮珠は、ご尊顔を拝したことはなかった。

「そう……この方が、銅鑼を……。もう、会っていらしたのね」

呟き、蓮珠も翠玉を離して、男性に跪礼する。

「お前が陶蓮珠か。立ちなさい。……ここにわたしがいたことは見なかったことに。いたずらに騒ぎを大きくすることはない」

翔央、李洸に倣って蓮珠も立つ。

「お姉ちゃん？　どうしたの？」

翠玉が心配そうな顔で蓮珠を覗き込む。

「どうもしない。……ただ、もう終わるんだなって」

驚きと絶望とで頭がくらくらしてくる。

「もうじゃなくて、やっとでしょう？　終わったなら、一緒に帰ろう！」

あと何回、この笑顔に微笑み返すことが許されるのだろう。本来なら、こんな風に触れ合うことも、顔を上げて話すことも許されていないのに。

蓮珠は首を振った。

「ごめんね、翠玉。まだ終わっていないの」

明るくなったこの貯蔵庫内に榴花の姿がない。うつむき泣きそうな顔の朱景がいる。

蓮珠が朱景に歩み寄ろうとするのを引き留めるように先帝が声を掛けてきた。

「……黎明の娘、君が故郷を失ったのも僕のせいだ。君には、幾度謝罪と感謝を捧げても足りない。まず何より、バカ息子どもが色々迷惑をかけてごめんね」

朱景の言うとおりだとわかった。この国の皇帝は性格的な近づきやすい近づきにくいはあれども、臣下に距離が近い。

「バカ息子って何ですか！」

翔央が頬を引きつらせて、反論する。

「いや、そこに反応するより前に、全部知っていることに反応すべきでは？」

蓮珠は先ほどから驚愕が続きすぎて、かえって冷静になってきた。小声で翔央に問う。

「主上も翔央様も、絶対上皇様に話してないでしょう？」

これまでに聞いてきた双子の先帝への評価は高くないどころか、かなり低い。そこから考えても、なにかあったとき、双子が先帝を頼ったことはないはずだ。それなのにすべて知っているって、どういうことなんだろうか。

そして、もう二点。蓮珠はちらっと先帝を見上げた。先帝は蓮珠の母の名を口にした。蓮珠をただの官吏と認識していない。さらに『まず何より』という言い方。先帝には、ほかにも蓮珠に謝罪と感謝するようななにかがあるということだ。もしかしなくても、先帝は、何もかも知っている……。

李洸の先導で貯蔵庫を出る階段へ向かう先帝と目が合った。こちらの緊張が伝わったのか、上皇は口元にだけ笑みを作る。

どうやら、この場で翠玉に関するなにかを口にするつもりはないようだ。

「お役人さん、私と翠玉さんが連れてこられた馬車が入れ替わりに女性を一人乗せて屋敷を離れた。ここは、官吏居住区でも北なので、どこにいくのであれ南に向かうので、行く先はわからないと言っておく」

先帝の発言に、朱景が詰め寄った。

「その女性の衣装は？　年頃は？　馬車に乗せた者の格好は？」

「しゅ、朱景殿！」

この方が先帝だとわかっている蓮珠としては、朱景の振る舞いは心臓に悪い。

「すまない。気絶したふりをして運ばれていたので、よく見ていない」

落胆する朱景の肩に手を置き、先帝が視線を伏せる。

「……それで思い出した。李洸、燕烈は、そこに転がっている槍使いの男以外に家人を置いてない。この騒ぎに出てこないところを見ると、もう覚悟を決めて屋敷内のどこかで待っているのだろうから探してやれ」

小脇に抱えられていた状態から解放され、髪型を整えていた威公主が否定する。

「屋敷内はひととおり探らせていただいたけど、人の気配はなかったわ」

これを聞いた先帝が足を止め、夜空を見上げた。

「なら、庭だろう。……燕烈は庭を造らせてもうまい男だ。山河に見立てた岩や水路の配置の巧みさは、さすがだと幾度感心したことか。きっと、月を見ている」

燕烈邸の庭の四阿《あずまや》は、奇岩で模した山々の間を抜けたところに置かれていた。

人影が一つ、長椅子に腰かけている。

「久しいな、燕烈」

最初に四阿に踏み入ったのは先帝だった。

「こ……これは……、なぜこのような場所に」

「友人の元を尋ねたら、巻き込まれた。先ほどまで、貯蔵庫にいたのだ」

それだけで、燕烈には十分な説明だったようだ。

「じょ、上皇様。これはさすがに小官の意図にあらず……」

よろよろと先帝に歩み寄る燕烈に、場の全員が動く。だが、先帝本人の一言がその歩みを止めた。

「燕烈。何故私の許しもないのに立っている？　……都を離れている間に臣下の礼節を忘れたか？」

燕烈だけではない、先帝をお守りすべく前に立とうとした蓮珠や翔央も足を止められた。低く鋭い声が、目の前に見えない壁を建てる。重い空気が頭上からのしかかってくるような気がした。

「……お……お会いしとうございました」

屈するように、その場に燕烈が膝を折る。

「そうか。お前は私に会いたかったか？　おまえは私のことを、直接殺したいほど憎んでいるだろうから、私はできれば会いたくなかった。……会えば、良くない結末を迎えると知っていたから」

直後、李洸の部下が燕烈を取り押さえるために、四阿に入った。

顔を上げた燕烈が、部下に指示を出す李洸を見やる。

「今上の人使いの荒さがわかりますな。一品の丞相自ら、たかだか四品の都水監を捕えにいらっしゃるとは……」

燕烈が言いながら左右を見る。

「夏迅《かじん》め、自分一人で充分などと豪語しておりましたが、やられましたか……」

家令の姿が見えないことに悪態をつくかと思えば、燕烈がこちらを見て笑う。

「陶蓮珠、幾度この燕烈を追い込めば気が済む？　上皇の威を借る女狐が！」

上皇の出現までは蓮珠の意図ではない。だが、彼を騙そうとしていたのは事実だ。

「よせ、燕烈。……それ以上近づくな」

棍杖を構えた翔央が蓮珠の前に出る。

「身を挺してまで庇われるか。誰もかれもなぜその女が正しい側だというのだか……」

翔央の背を前にする蓮珠には、それを口にした燕烈の表情は見えない。

「日頃の行ないというやつだろう」

「わたしとて、官吏としてこの国のために尽くしていた」

その発想が、蓮珠に、燕烈がまさしく官吏だったことを教えてくれた。燕烈にとって『日頃』とは、国のために働く官吏としての日々だけをさすものだったのだ。

この人の真実は正しかったはずなのに、どうしてこんな形を迎えてしまったのだろうか。

「……あなたは……たしかに有能な官吏でした。工部での治水計画は完璧だった。なのに、それを崩してしまったのもあなた自身です」

そう言った蓮珠を、燕烈が笑い飛ばす。

「今更、お前の評価など、なんになる！」

叫んだその足が向かったのは、蓮珠でなく先帝だった。

「上皇様！」

「燕烈！」

飛び交った声に遅れて、四阿の柱が赤に染まる。李洸の部下の剣が燕烈の首筋を切り裂いていた。

「わたしは、もう捕まるなどという屈辱はご免だ」

よろめく身体で、燕烈が笑みを浮かべる。

「ここで……わたしは終わる。だが、この国ももうすぐ終わる。榴花公主の死によって」

膝から崩れてなお燕烈は笑っていた。

「榴花公主をどこへやったんです？　彼女が死ぬなんて、華国との同盟破棄どころか、即戦争ではないですか！」

李洸が、衣が血濡れることも厭わずに燕烈を抱き起こして、問い詰める。

蓮珠も気が付けば駆け寄り、自分の衣で燕烈の傷口を必死に押さえていた。

それが、李洸と同じ問いの答えを知りたいのか、単純に目の前で誰かが死ぬところを見たくないからなのかわからない。衣が血を吸って重くなっていく。人ひとり分の、命と熱が失われていくのを感じる。

「燕烈、……誰がこの国の終わりをお前に保証した？」

自身が狙われたというのに、先帝は動揺した様子もなく、燕烈を見下ろしていた。

「華国の都、……永夏におわする御方が」

徐々に呼吸が乱れてきている。

「華王が……？」

翔央が疑問を返す。その後方から朱景が叫んだ。

「王がこのような狼藉を許すはずが……！」

咳きこんだ燕烈が視点の定まらぬ目で朱景を笑い飛ばす。

「残念ですが、お許しになられる。……そもそも『榴花公主をどう使ってもいい』とのお達しをいただいた。本来であれば、皇城内の事故で消えていただいて、相華の不和の種になってもらう予定だったが、邪魔が入った。いたしかたあるまい」

どうやら邪魔とは蓮珠のことらしい。一瞬だけ、視線が横にずれた。だが、もう間近の蓮珠を見やることもできなくなっている。

「……王が、榴花様を。……だったらなぜ今まで生かしていた。こんな風に死に追いやるほどのなにをあの方がしたというんだ！」

朱景の叫びは、榴花のことだけを言っているわけではないような悲痛があった。

「なにもしないからだ……、なにもしなかったから憎い……。だが、ようやく、ようやくこの時が来た。相が沈む姿をこの目では見れぬが、我が大願、成就の……と……きよ……」

歪んだ笑みを浮かべ、もう見えていないだろう目を見開いたままで、燕烈が息絶えた。

「そこまで……疎まれたか……」

先帝が跪き、燕烈の目を閉じた。

「伯父上が関わっているというのは、本当でしょうか？」

「どうだろうね。あの男は政治に興味なんてないだろうから、誰かの企図に反対しなかった……って程度のことだと思う」

翔央の疑問に答え、立ち上がった先帝は、改めて自分より背の高い息子の顔を見上げて問う。

「さて、玉座を務かる者よ、この窮地をどう切り抜ける？」

翔央が思考を巡らせている。

「……やはり榴花公主に何かある前に保護するのが必定。ここに居ないと言うなら、使節団のほうでしょう。謁見は皇城内の虎継殿。そこに連れてくるというのはわかっています。ですから、途中の道で救出します」

「冷静に考えることができるなら言うことはない。玉座の維持も放棄も好きにするといい」

先帝が四阿を出ていく。

「父上……、先帝自ら国を亡ぼすのを促すような発言はいかがかと思われます」

翔央の諫めに、先帝が肩越しに振り返る。

「お前が説教をするとは、な。……成長したのは上背だけではなかったと言うことか」

先帝は鼻を鳴らすと、息子と向き合った。

「どうにもならなかったら、言ってくるといい。華王に話を通してやる。……その代わり、一つだけ我がままを聞いてほしい。燕烈はどんな意図があったとも知れぬ家令から榴花殿を守って亡くなったことにしてほしい」

これに厳しい声を上げたのは、威公主だった。

「相側に過失はなかったことにしたいのね。でも、さすがに都合よすぎではないかしら？」

先帝は無言で四阿に戻ると、燕烈の亡骸を見下ろす位置で椅子に座った。

「……燕烈に『烈』の字を与えたのは、私だった。小龍川《しょうりゅうせん》の治水を成した功績で昇進させたときのことだ。あの暴れ川の治水は、流域の街の出身だった燕烈にとって夢見たもので、最高の治水計画だった。彼は故郷の暴れ川を抑え込むために治水を学び、あそこまでの技術を手にした。あれができた時、燕楚嘉《そか》に烈の一字を与えた。その苛烈さを手放しに誉めた。本当に芸術的なまでに素晴らしい堰を作り上げたから」

なぜこんな話を？　と同時に、自分の功績を認めてくれた先帝を、どうして本人が殺したいほど憎むまでになったのだろうという疑問が蓮珠の胸にわいた。

「拝謁に来た燕烈のことを僕は今も覚えているよ。彼は本当に誇らしげだった。故郷を自分の手で護るという夢を叶えた男の顔は、その場のどんな官吏よりも輝いていた。あの堰は燕烈にとって、人生のすべてだった。僕はそれを、あんなにも褒めたたえたのと同じ口で、張折に命じたんだ。敵軍の相国領侵入を阻むために、小龍川の堰を切るように、ね。あの戦いから半年後、燕烈の故郷は暴れ川の氾濫で消えた。それは、燕烈の心をも壊した。僕が燕烈の人生のすべてを壊したんだ」

先帝が言葉を区切り、燕烈の亡骸から翔央へと視線を移す。

「だからと言って、あなたがその男の死を背負うのは違いませんか？」

翔央は冷静にそう返した。だが、先帝は憐れむように息子を見上げて、儚い笑みを浮かべる。

「それは違うな、我が息子よ。燕烈の起こしたことは、我が代に端を発する。我が朝で起きたことの責は、すべて我が身にある。相国五百万の民の命を我が朝の最初からこの背に乗せていた。……それが国の頂点に、皇帝になるということだ」

かつて、玉座にいた者の言葉をその重みごと受け止められる者はここに居なかった。

「いずれにしてもこの屋敷には、華国側の企てを示す証拠なんてものはなにもないだろう。燕烈が人生の最後を賭けた完璧な計画だ。ひたすら相国を亡ぼすために練りこんだ計画になっているはずだからね。さあ、罪を暴くための証人が死に、物証は見つからない。この状況で、お前はこの国の皇帝として、なにができる？」

すべてを知っているはずなのに、先帝は翔央にそう言って微笑みかけた。

第八章　紅華、白を彩る

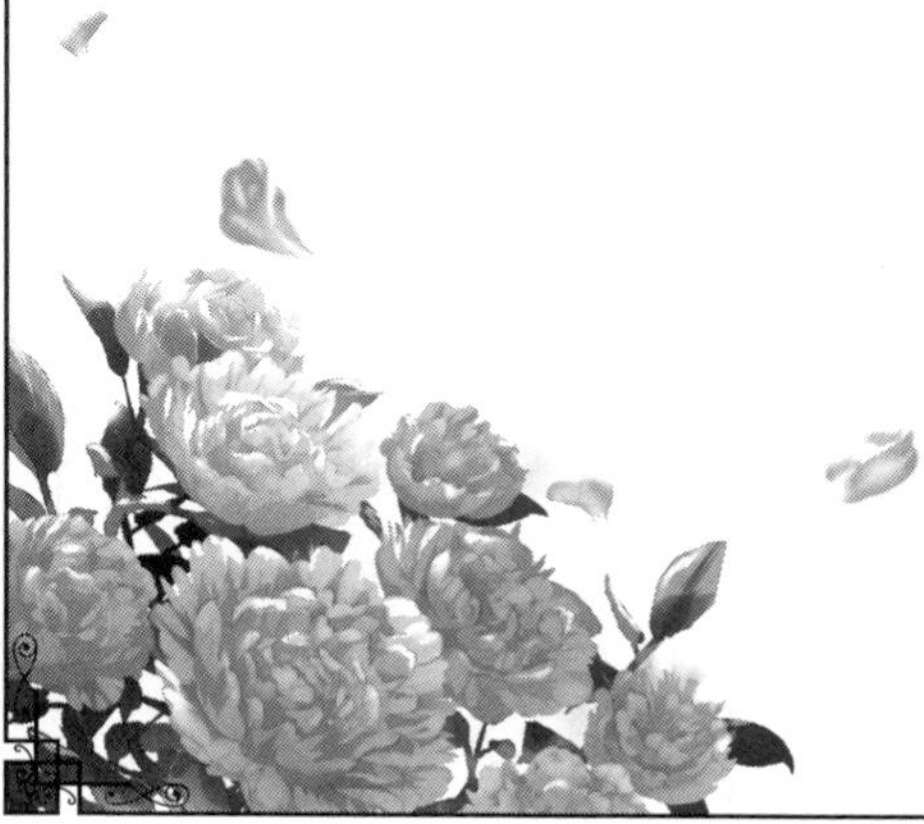

華国の使節団が相国を再訪した。春節を前に相国滞在中の榴花公主をお迎えに上がったということだった。

謁見を行なう虎継殿には、華の使節団を率いる段響とその部下三名が付き添っていた。彼らは、改めて華王からの相国へと贈られたものが詰まった櫃を相国側に渡すためにいる。一方、華国の櫃を受け取る相国側の官吏として、行部から蓮珠と黎令が出てきている。ほかにも相国側からは親華派の派閥の長が数名この場に列席していた。

櫃の受け渡しの儀式が終わると、まず玉座の相国皇帝が声を掛けた。

「久しいな、段響殿……というほどの、時間は経っておらんか。我が国にいらしたご用向きをお伺いしようか？」

例によって、皮肉を口にする翔央は、叡明の身代わりの本領を発揮するそっくりの表情をしている。

「これはなかなかお厳しいお言葉。……しかし、こちらの用向きは一つにございますよ。我が華国の公主をお迎えに参りました。して、公主はいずこにいらっしゃいますかな？」

演技に向いていないらしい。段響の顔がニヤついている。

「……榴花公主がどこにいるか、か。開口一番がそれとは忙しない男だ……」

段響はすでに勝利を確信している。なにを玉座から言われたところで気にも留めないらしい。

「さあ、我が国の公主をお出しいただこう。こちらの訪問は昨日のうちにお知らせしてありますれば、お支度ができていないなどと言うことはございませんでしょう」

昨日と言っても、暗くなってからの話だ。一国の使節がくるというには、あまりに直前だったことには変わらないだろうに、大威張りである。

「それとも、お出しになれない、御事情がおありですかな？」

玉座の主上は無言のまま、段響の喋るに任せている。朝議の場ではないからか、珍しくも扇を手にしていらっしゃるのだが、緩んだ口元が見えないようにするためにに思えてしょうがない。

「では、代わりに官吏を一人、この場にお呼びいただこう。その先は、この段響がその官吏にご質問させていただく。……陶蓮珠を」

蓮珠の名が出て、その場に来ていた親華派の官吏たちがざわつく。だが、玉座の主上は、落ち着いた声で段響に確かめた。

「我が国の官吏にどのような問いを？」

動揺しない皇帝に、段響が苛立った顔をする。

「歴代皇帝でも随一の天才の名が泣きますぞ。……この話の流れです。陶蓮珠なる女官吏に榴花公主についてお聞きしたいことがあるのですよ」

すぐ間近に蓮珠はいる。これには親華派の官吏たちも気まずそうな顔で、ちらちらと櫃の横に控える蓮珠を見ている。

「聞いた話では。この陶蓮珠なる女官吏、大した家に生まれたわけでもない身で、上級官吏に上った恥じらいのなき者であるばかりか、威国に阿《おもね》り、相華同盟を壊すべく、我が国の公主を廃そうと企てたというではないか！」

段響の酔いしれるような大声に、ひどく冷淡でぼそぼそとした声が玉座から入る。

「……聞いた話、つまりはただの噂ですな」

一刀両断とはこのこと。段響が憤り、さらに声を荒げた。

「何を言うか！　陶蓮珠は普段から他の官吏たちからも疎まれる存在。そちらに居られる方々とてご存じのことであろう。こたびの企てとて、さもありなんというものよ！」

段響殿は、目の前の人物が玉座に座っているということを、お忘れになっているのだろうか。一国の使節団を率いる者が、みずから相手国の君主に無礼を働いてどうするつもりなのだろう。

「そうかねえ？　陶蓮は、これでもうちの部署じゃ、扱いやすいほうなんだがね」

張折の声が段響の言葉を中断させる。その場の人々の視線が、声のしたほうへと向けられる。ほかの官吏に比べると襟もとのあたりが着崩された紫衣の男が扉の所に立っていた。

「はっ、陶蓮珠の上司か。大それたことをしでかした部下とまとめて笑い飛ばされるために来たか？」

段響が立ち上がり、張折に向かって言い放った。だが、そのまま、その場に立ち尽くす。

「見苦しいですよ、段響。華人の品格を忘れたのですか？」

凛とした声が謁見の間に響く。華国を象徴する紅の衣をまとった貴人が、行部の長の先導で、侍女を伴い虎継殿に入ってきた。

「……なぜ、ここに……まだ……」

呟く段響に、その横へと歩みながら榴花公主が笑みを浮かべる。

「ひどいですね、段響。先ほどまではわたくしを出せと騒いでいたのに、いざ姿を見たら、なんで出てきたと言いたげな顔をするとは……」

役者が違った。落ち着き払った表情は、なにごともなく杏花殿からここに来たかのようだ。

「皇帝陛下、謁見の遅参、お詫び申し上げます。……少々、杏花殿より回り道をいたしまして」

「かまわない。女性の支度というのは時間がかかるものだと皇妃たちに繰り返し言われている。前日の湯浴みからすでに始まっているそうだからな、再訪の知らせをいただいてからの時間を考えれば、早く来ていただけて助かったと思うところだ」

おそらく燕烈の立てていた計画では、榴花公主の不在で騒ぎ、蓮珠をこの場で引きずり出し、責め立てたところで、段響の部下が憔悴した榴花公主を連れてくる。相は信用できないとして、自身が榴花公主から蓮珠の罪の告発を聞き、その場で処断する。最後は、憤る華国側に恐れをなした相国側が、華の提示する同盟継続条件に従うというものだった。

だから、段響からすれば、榴花公主の登場が計画より早かったのだ。

「さて、顔ぶれがそろったところで、華国との同盟を継続する条件に関して返信させていただこう」

翔央は玉座での姿勢を整え、榴花公主と段響に直接回答をした。

「わが国は、華国との同盟を今後とも継続することで朝議もまとまっている。国家を上げた祝い事となる故、発表は春節後、最初の朝議で行なうことにしようと思う。榴花公主には、大変申し訳ないが、華国での新年の行事がある程度片付いたところで、再び栄秋に戻っていただきたく……」

普段の主上を知る官吏たちからすれば、いつもより饒舌な主上だろう。

話し始めこそ表情に焦りを滲ませていた段響だったが、どこかで計画の変更を決めたらしい、表情が暗い輝きを帯びてきた。反して、相国側の臣下たちは、不安に緊張を高めていく。

「いや、めでたきこと。すぐにでも我が王に報告を」

どちらかと言えば、すぐにでもこの場を去りたい、という顔だった。

「段響殿のお手を煩わせはしない。こちらで伯父上への報告を用意し、すでに今朝の船便で送らせた。早ければ明日の夕刻には届くのではないかな。……そうか、我が弟と榴花公主の縁を段響殿は祝ってくださるか。昨晩逗留の宿では、大きな宴会を催し、これで榴花公主が自分のものになる道筋はついたなどと上機嫌に仰っていたと聞いたが？」

笑みが消え、段響を見下ろす目が冷たい光を浮かべる。

「な、なにを……お……っしゃいますやら……」

不愉快を隠さぬ表情で翔央が李洸を見やる。応じて、李洸が一礼した。

「はい、主上。昨日夕刻から本日の朝方まで、使節団の方々がいらした月花楼《げっかろう》の主によりますと、段響様は榴花公主様をあろうことか、『自分のもの』呼ばわりなさっていたとか……」

「失礼極まりない！　この国はどこまで、我が国を馬鹿にすれば気が済むか！」

「その言葉、そのまま貴様に返してやる」

主上の饒舌はこのためかと、親華派の官吏たちが表情を歪ませる。彼らからすれば、先の先を読む自国の皇帝が、今回のように急な使節団再訪を春節だから迎えに来たと言われてそのまま受け止めるわけがない。

朝議はこれまでよりも考える官吏が増えた。派閥の力だけで意見を押し通せる時代ではないと誰もが知っている。朝議の末席にいる蓮珠は、朝議で発言こそしないが、上位の官吏たちの発言は聞いている。彼らは派閥としての主張もするが、主上になにかしらの思惑ありと感じるや、一転して意見を控えて静観に徹する。主上が先の先を読むなら、それが見えるまでは、態度を明らかにしないで、見えた時の態度を考える。そういう思考が拡がっているのだ。

段響が親華派の官吏たちを見るが、誰も彼を擁護しない。

謁見の間の空気が重く鋭い棘で肌を刺激してくる。

そんな場の空気を、またも榴花公主が変える。

「皇帝陛下。……その件につきまして、わたくしからお願いがございます」

その表情は、場を支配していた空気とはまったく異なり、公主一人が先に春の穏やかな光の中にいるような、晴れやかで穏やかな表情をしていた。

「わたくし、白鷺宮様に嫁げません」

「ほう。……段響の浮かれた発言を肯定なさるか？」

玉座の主上は、憤りを華国へと向けている。それは榴花公主も例外ではない。

だが、その憤りにも榴花公主は、まっすぐと顔を上げて、微笑む。

「いいえ。わたくしは、小者に興味ございません。わたくし、朱景と添い遂げます」

これまでとは違う意味で場の空気が固まる。さきほどまでは凍結だったが、今度は凝固。

榴花公主の作った春のぬくもりのままに固まった。蓮珠の傍ら、同じように櫃の横に控える黎令も固まっている。

玉座の主上が天井を仰いだ。瞑目し、そのまま同盟継続条件を突きつけてきた使節団団長に問う。

「……………………段響殿、一つお伺いしたいのだが、朱景という名の者について、どの程度ご存じか？」

問われて、固まっていた状態から我に返り、段響は空笑いする。

「知っているもなにも、榴花公主に長く仕えている、そこの侍女の名ですな」

視線を榴花公主の後方に控えている侍女に向けて、そのまま再び固まる。

「そこの侍女は、我が国がお付けした者だ。なるほど。……段響殿も一杯食わされたということか。朱景の名はこちらも把握している。名のみなので、侍女かどうかはわからぬが、ずいぶんと長く、榴花公主に仕えている者のようだ」

主上が李洸に視線を向けた。先ほどと同じように、一礼した李洸が発言する。

「どうでしょうか。我々よりも長くご一緒されていたわけですから……、本当はお気づきだったのでは？　朱景殿が男性であることに」

段響が目を見開く。

「…………は？」

李洸が笑っているか笑っていないかわかりにくい糸目で段響を見る。

「おや、本当にお気づきではないと？　華国の方々は貴人に仕える者の身元調査をなさらないのですかな。不用心なことですな」

段響にとっては、さらなる混乱の種が、扉から入ってきた。

「失礼するわ。ワタクシ、義兄様にお願いがあってまいりましたの。よろしいですか？」

威公主だった。

「珍しいこともあるものだ。余を『義兄』として頼ると。このような場に入ってくるとは、非常識と叱りつけるところだが……、悪くない気分だ。聞こう」

「ご恩情に感謝いたします。……義兄様、ワタクシの友人の大切な人をお連れしてまいりましたの。お会いいただけますか？」

威公主が言って、ちらりと背後を見る。扉から新たに謁見の場に入ってきたのは、深衣に身を包んだ青年だった。

「……朱景と申します」

その場に叩頭した青年に、玉座から顔を上げるように声がかかる。

細面の整った顔立ちは、女性に見えなくもないが……。親華派の官吏たちが、居心地の悪そうな表情で互いに視線を交わす。

「陛下もご存じのとおり、ワタクシ、物語を読むのがことのほか好きですわ。陶蓮に無理を言って、何度も栄秋の街で本を買ってきていただくくらいに。ですから、文化一級国で本も多く出している華国よりいらした榴花公主様には、すぐにお話をさせていただき、物語の話をたくさんしてきましたの。そして、ご自身の物語のような恋のお話をしていただきました。相華同盟継続のために榴花公主が白鷺宮様に嫁がれては、長く育まれてきた主従の恋が引き裂かれてしまう、それではあまりに不憫ではございませんか？　もうこれは、ワタクシがお力添えしなくて誰がするのかというもの。ワタクシ、あの手この手で……、あ、もちろん安全に配慮しつつですが……、榴花公主の結婚話がなくなるよう、榴花公主が相に嫁ぎたくないと言い出しやすい騒ぎを起こしたのです。ただ……少しばかり頑張りすぎて、大騒ぎになってしまいました」

物語を愛する少女が、物語のような主従の秘めたる恋を応援した……と、一連の騒ぎを起こしたのは自分であると報告する目は、反省より喜びに満ちていた。

「義兄様、どうか、お二人の罪を問わないでいただけますか。……罪はワタクシにございます」

威公主は涙声でそう訴えて、その場に叩頭した。

「いいえ、陛下。わたくしが、威公主様を巻き込んだのです。罰を受ける覚悟はしております。ですが、せめて……朱景とともに」

榴花公主までもその場に叩頭する。他国の公主に叩頭させるなど、前代未聞のことだ。それぞれの本国の民が耳にしたら、それだけで国家間が険悪な雰囲気になることは、簡単に予想できる。これには、さすがの相国皇帝も玉座から身を乗り出して、顔を上げるように言った。

二人は顔を上げたが、それぞれに涙がこぼれるのをこらえた顔をしている。

「これでは、余一人が女性二人を責め立てる悪者だ。……まとめると、榴花公主の身に起きた一連の出来事は、威公主が企画したもので、かつそこに政治的な意図はなく、榴花公主の……従者との恋を実らせるためだった、と?」

泣くのをこらえる威公主は、うなずきだけ返した。

玉座から盛大なため息が聞こえる。

「李洸、事件を調べていた皇城司にもうよいと知らせてやれ。……ちょうど春節だ、たっぷり休むように言い添えよ」

呆れを含む声で丞相にそう命じる声がして、安堵の色を浮かべたのは、親華派の官吏たちだった。自国に非はなかったという話で落ち着けば、彼らとしても、誰に与した発言をすればよいかに悩まずにすむからだ。

他国の貴人を相の法で裁くことはできない。また、裁くにしても皇城内で榴花公主の身に起きた出来事では死者は出ていない。片付けやら捜査やらで、相国側が多大なる迷惑をこうむっただけだ。相にできるのは、公主それぞれに、自国の君主から説教してもらうように親書を送るのがせいぜいだ。

「段響殿には、早急にお帰りいただき、事の次第をご報告願いたい。……その際、伯父上にお伝えいただこう。同盟の継続条件は、相側から見直しを要求させていただく、と」

段響以下、華の使節団の面々が、相国側の恩情に感謝し、跪礼の姿勢を取る。

だが、段響の目は、屈辱、憤り、敗北への不満……、あらゆる負の感情に見開かれたまま、床を見つめていた。

玉座を降りた皇帝が、お付きの太監を伴って謁見の間を出ていく。それを視界の端に見届けた段響が、立ち上がるなり、扉を入ってすぐのところで、叩頭したままの朱景に歩み寄る。

「華国の恥さらしが！」

どこから取り出したか、その手には匕首が握られていた。大きく振り上げた手が朱景の頭上に落ちる瞬間、大きく弾かれた。

威公主の手刀が、段響の右手を匕首もろとも払いのけていた。

『……どこまでも馬鹿な男ね。なんのためにワタクシを朱景の近くに配置したか、その意味に気づかないなんて！』

威公主が威国語でそう言った。この場に威国語がわかる者は少ない。張折が口の端に笑みを浮かべて、段響を取り押さえた。まだ室内に残っていた李洸も、小さく笑みを浮かべている。二人にとっては、威公主の言ったことは褒め言葉に聞こえるのだろう。蓮珠にはといえば、段響の短慮までも予想して、この場の段取りを決めた翔央、李洸、張折の三人に対する『怖いっての！』という叫びに聞こえた。まったくもって同感だ。

「他国の謁見の場で武器を出すとは、困った方ですね。……華王様には、我が国よりご報告させていただきます。さぞ、呆れられることでしょうね」

皇帝との謁見の場に武器を持ち込むことの罪は重い。それを出したのが、自国の者を害するためでも、皇帝暗殺の企てがあったと疑われるのは当たり前のことだ。

最後の最後は、使節団を率いる身で、自ら華国側の不利になる材料を提供してしまったことになる。大失態だ。

朱景曰く、華国の王は、優雅でやわらかな言葉のわりに、とても冷淡に人を切り捨てるらしい。冷たい言葉のわりに厳しくはない相国皇帝とは、まったく似ていないそうだ。

段響が使節団を率いることは二度とないだろう。それだけではなく、政治の場からも退くことになると思われる。

蓮珠は、自分の顔も知らないで、燕烈に言われるままに、自分を追いつめようとしていた男の末路を、ただ冷ややかに見つめていた。

終章

新年を明日に控えた大寒の末候最終日。この日は、身分の上下にかかわらず、一年を無事に過ごせたことを天帝にご報告し、感謝の祈りを捧げる儀礼が行なわれる。

皇城の西王母廟にも、皇帝と皇后が朝から詰めて、国中で起きた様々なことを、目録を読み上げるように淡々と報告していたのだが……。

「色々ありすぎだろう、この一年……というか、特にこの半年。これでは、いくら報告しても終わらないんじゃないかと思ったぞ。まさか、叡明のやつ、これが面倒でこの時期に人任せにして出かけたんじゃないだろうな？」

身代わり皇帝は、金烏宮に戻るなり、第一声でそう愚痴った。それほどに、都でも地方でも報告する出来事が起きていた。

「他の儀礼に比べたら、やっていることは、とても簡単なことなのに、とんでもない大仕事でしたね。わたし、あれだけ色々あったのに、はたして無事だったと天帝に感謝すべきなのかさえ、疑問に思いました……」

主に読み上げるのは、皇帝の役目。皇后は、一緒に西王母像に礼をするのが仕事であったが、一件報告するごとに礼をするのは、なかなかきつかった。

翔央と蓮珠は祭祀用の衣装から常服に着替え、二人して長椅子に座りこんでいた。見るからにぐったりとなっている二人を、李洸が労った。

「お二人ともお疲れさまでした。……たしかに、ここ半年ほどは色々ありすぎましたね。ここ数日だけでも目まぐるしく物事が動きましたから」

李洸も声が疲れている。彼ほど働いている丞相は、大陸中を探してもいないのではないかと思われる。

「そうだろうな、特に華の使節団は、今も永夏の都城で頭がくらくらしているだろうな」

翔央が皮肉の笑みを浮かべる。

「なんと言っても、華国の都に向かう船から、肝心の榴花公主が侍女だった男とともに消えていたのだから」

華の使節団は、団長であった段響を更迭し、副団長が指揮を執って、謁見同日の夕刻には、帰国の途に就いたわけだが、夜になって使者が一人、栄秋に舞い戻ってきた。

使者曰く、榴花公主が侍女だった男とともに、船上から消えていたのだという。華国側としては、相の手引きによるものと睨んで、栄秋に人を寄越したらしい。だが、こちらとしては、船は華国のものであり、乗船していたのもすべて華国の者だったわけで、とんだ言いがかりであると、追い返した。

「そうですね、我が国は無関係ですね」

李洸が、コクコクと頷く。蓮珠には、翔央と李洸が、悪だくみ成功を喜ぶ子どもに見えてしょうがない。

「ハル殿にすれば、動く船から人を二人連れ去ることは、たいして難しくないそうだからな。今頃は馬車に揺られて街道を北へ向かっているだろう。明日の夕刻には威国に入るんじゃないか？　威公主も帰国に際して、話し相手がいるのは楽しかろう。万事丸く収まったんだ、天帝に感謝を述べるにふさわしい出来事だったと思わないか？」

翔央に向けられた視線に、蓮珠はあいまいに笑うよりない。

華国にとっては残念なことに、榴花公主と朱景の駆け落ちに、相国は手を貸していない。二人が華国と直接国交がない威国に向かったのも、そこに威公主が絡んでいることも知ってはいるが、手も口も出していない。

妹のおねだりに応じた威国の黒太子が、大きな箱二つにどこからか運んできたなにかを入れて、荷馬車に積んでいたが、他国の貴人の荷物を検める権限は、相国の門番にはないので、なにが入っていたかは相国側のあずかり知らぬ話である。

「華国からの親書では、このたびのことが、ほぼ段響様の独断と暴走によるものになっていましたね」

李洸が天帝への最後の報告になった出来事を口にする。

使節団が帰国するより早く、船便で事の次第が華国側に知らせてあった。それを考慮しても早い返信が、華王からの親書として相国皇帝のもとに届いた。

段響は王族としての身分をはく奪され、庶民として罰を受ける。王族の特権はすでにないので、おそらく処刑されることになるだろう。

段響の処分に続いて親書に書かれていたのは、段響が国で言っていたのは、相華同盟の継続を相国から取り付けてくるということだけだったということ。

華国では、相国の威国寄り外交を問題視し、同盟破棄を相国側から申し出てくるのではないかと警戒していたらしい。そのため、段響に期待し、華国側の同盟継続意志を示すために、榴花公主をつけたいという彼の申し出を了承したのだという。

相国側からの報告で段響の罪を知った華国側が調べたところ、段響には、大それた野望があったことがわかった。それが先帝の遺児、榴花公主を娶り、正統な華国の後継者として、今の華王を廃することだったというのだ。

榴花公主の話によると、同じ使節団にいる貴人として、幾度も段響と食事の席を共にさせられ、そのたびに、このままでは華王に冷遇されるだけで終わってしまう、華王を廃そうと誘われたらしい。朱景が段響の魔の手から侍女として守ってくれていたので、事なきを得たが、その野望と欲望が混じった目で見られた不快は思い出したくないそうだ。

「親書に書かれた話は、現華王朝も被害者だと言いたいんだろうな。さて、どこまで段響が本気だったのかはわからないが、伯父上のことだ、気づいていて放っておいたんだろう。……まったく、厄介な人だ」

翔央が渋い顔をする。双子はどちらも華王である伯父の話になると、こういう表情を浮かべる。その嫌厭っぷりは、父であり先帝である人の話をする時と同様かそれ以上だ。なにかわけがあるのだろうが、蓮珠は、それを確かめるのが少し怖い。

彼らの伯父は、翠玉にとっても伯父なわけで、そこに興味を持つことで、なにかしらつながりがあると勘ぐられたくない。

場が少し静かになったことで、李洸が頃合いとばかりに、話を切り上げ、姿勢を正した。

「本日は、これにて失礼させていただきます。……明日からは、新年の儀礼が続きますが、どうか今夜はゆっくりお休みください」

李洸が深く一礼して、部屋を出ていく。秋徳が淹れてくれた茶を飲み、二人同時に、長く息を吐いた。

「なんとか終わりましたね」

蓮珠が言うと、翔央が微笑む。

「そうだな。……去年は、任地の練兵場で年を越した。その時は、今年の終わりをこんな場所で過ごすとは考えもしなかった」

遠い昔を思い出すように言って、長椅子を立った翔央が窓を開けた。

宵闇が栄秋の街の灯りに照らされている。眠らぬ夜の街のにぎわいまでもが聞こえてくる気がした。

「わたしこそ、このような場所で年を越すなんて思ってもみませんでした。宮城の南門が閉まる時間まで仕事をして、家に帰って……翠玉と二人で下町へ。毎年、年末は福田院（養護院）の手伝いをしに、下町に戻っていたんです」

「そうだったのか。……すまなかった。今年は、こちらに時間を割かせてしまったな」

翔央が肩を落とす。この人は、こういうところで本当に謝ってしまうのだから、反応に困る。叡明や李洸あたりなら「こっちが仕事だ」ぐらいの返しで終わりそうなのに。

「いえ。……今年は顔を出すのは控えようと思っていたので、いいんです」

「……理由を聞いていいか？」

問われて、やはり話題にしなければよかった、そう思った。

「その……どこからか紫衣になったことを知った者がいたようです。下級官吏なら実質役所の窓口係ですから、まだ近いのですが、上級官吏となると、どうしても……距離感があるようで。翠玉は、官吏の下働きという話になっているので手伝いに行っていますけど」

朱景は、相国の距離感の近さを口にしていたが、紫衣と下町の人々の間には、やはり深い溝があるようだ。

「帰る場所って、難しいですね」

春節には、みな故郷に帰る。その故郷を失った子どもたちにとっては、福田院が実家のようなものだった。それも帰れない場所になった。あるのは、官吏居住区の上級官吏用の家だが、まだ馴染んだとは言い難く、帰る場所という気はしていない。

「帰る場所がほしいか?」

「どうなんでしょうね。ないものねだりなのかもしれません」

蓮珠も長椅子を立ち、窓の外を見た。宮城の外、街を彩るやわらかな灯りに目を細める。

「わたしは、この国の官吏です。だから、この国自体が帰る場所だと言ってもいいのかも。その帰る場所が、こうして今年を平和に終われるのですから、やはり天帝に感謝をしないといけませんね。うん、そう考えると、疲労が癒されます」

「この仕事人間め……」

翔央の呆れ声に蓮珠は笑った。

「お言葉ですが、昨年末を武官として練兵場で、今年の終わりは身代わりの皇帝として金烏宮で迎えている翔央様も、相当な仕事好きですよ」

「似た者同士と言うことか……」

ため息交じりの言葉の終わり、翔央の腕が蓮珠をそっと抱き寄せた。

「来年は……白鷺宮で年を越さないか？　この国が帰る場所だなんて、まるでこの国に居ないみたいだ。お前はこの国の民なんだ、この国のどこかに帰る場所だと言えるところを持ってほしい。だから、その候補に、考えてみてくれないか？」

耳に注がれる声。初めて会った時、いい声だと思った。ずっと、聞いていたいと。

「……もし、許されるなら、帰る場所は、この腕の中がいいです」

目を閉じて、衣に頬を寄せる。開けた窓から入る夜の空気で冷えた衣なのに、心地よいぬくもりにずっと包まれていたくなる。

「蓮珠、『もし』とか『許されるなら』とか、そういうのはなくていい。俺は大歓迎だ」

翔央の腕に力がこもる。強く、隙間ないほど抱きしめられている。

蓮珠が長く胸に秘めてきた秘密は、いずれ翔央も知ることになる。その時も、こんな風に抱きしめてくれるのだろうか。

蓮珠は知っている。自分が『妹』という存在を手放せずに過ごしてきた時間の分だけ、叡明と翔央は、『妹』と過ごすはずだった時間を失ってきたことを。それは、とても罪深いことだ。

すでに叡明は知っている、先帝も気づいていて年の差のある友人として振る舞っている。

一人しか公主がいなかった相国に、もう一人の公主が現れる。そのことの政治的な意味は大きい。二人は、そのことが国内だけでなく、隣国間との関係にも影響するものだから、公にしていないのだろう。

そう、皇族となれば、翠玉は政治的に利用されることになる。『妹』を、寄り添い生きてきた唯一の家族を、そこへ追いやることが正しいのかも蓮珠にはわからない。

わかっているのは、そう遠くない未来に、その時が来るということだけだ。いずれ来ると思っていた日が、刻一刻と近づいているのを、最近ひしひしと感じる。

「……もうすぐ、私に課された役割に一つの区切りが来ます。それがどのような結末に至るのかは、わかりません。でも、わたしは仕事人間なので、与えられた役割は全うしたいんです。……全うしたら……あの返事を」

蓮珠は顔を上げた。翔央の目が自分を見ている。

「待っている。……その役割を全うしたら、いや、全うして、さらに、それを笑い話にできるようになったなら、その時は諸々のことを話してくれ。それまで、待っているから」

翔央は、蓮珠が口にした役割については、触れなかった。

「郭家の男は、一部例外を除いては、待つことにかけては実績がある。威妃を迎えるまでの叡明はもちろん、ようやく呉氏と結ばれた秀敬兄上もいったい何年待ったやら。あと、母上を護るために官吏たちと戦い続けた父上も」

翔央は、身長差のある蓮珠の肩に、身を屈めて額を乗せた。

「父上は、国内に政治的対立を生むほどに母上を愛した。華国から嫁いだ皇妃への寵愛は、華国からの国政干渉を懸念する周囲との軋轢を生んだ。だから、父上は、妃嬪の序列を無視してでも母上を皇后にしようとした。文句を言わせない地位に就けたかったんだ。その結果、母上は周囲から孤立し、憔悴し、寿命を縮めた」

呟きが、吐息ごと蓮珠の耳に入ってくる。

「母上は亡くなってから追贈により皇后位を得た。……俺は、ずっとそれを父上の執念だと思っていた。だから、あんな風にはならないと、叡明と誓ったんだ。でも、それは違うんじゃないかと今回の件で思った」

翔央の腕が解け、指先が蓮珠の頭の形をたどる。

「父上は守りたかったんだ、……この国を。国内のあらゆる批判を背負っても、華国が強く主張してくるだろう母上早世の責を、国内女性の最高位を与えることで回避した。母上を亡くした痛みを飲み込んで、この国をいかに守るかを考えたんだろう。『相国五百万の民の命を我が朝の最初からこの背に乗せていた』から。それを、誰の理解も得られなくても決断するのが皇帝なんだな。俺は、本当に皇位から遠い。民をいかにして守るか、そこへの考えが足りていない」

蓮珠は顔を上げ、否定しようとした。翔央は充分すぎるほどに皇帝の器だ。そうでなければ、身代わりの皇帝が乗り越え、無事を天帝に感謝することなどできなかっただろう。でも、合わせた目の奥に浮かぶ弱い光に何も言えなくなる。彼は自己評価が低い。もしかすると兄と自分を比べてきたのだろうか。

「俺がお前を身代わり皇妃に引きずり込んだ。お前に幾重もの嘘を重ねさせている。その危険性はわかっていたつもりだった。でも、お前の命を、父上のようには背負えていない。今回だってより危険な状況で無理をさせ、さらには官吏としてのお前までも危険にさらした。俺は、お前を護ることはできていない」

蓮珠は手をのばし、翔央の両頬を自分の両掌で挟み込んだ。

「お忘れにならないでください。わたしは『守れた者の数を数えて生きて』と言いました。『その一番目に、わたしのことを数えて』とも。貴方の目の前にわたしは、生きて、こうしてあなたを見上げ、言葉を紡ぐことができています。貴方は、今回もわたしを守り切ってくださったんです。……わたしの嘘は、わたし自身を護り、貴方を護り、そして、五百万の相の民をも護っています」

事実のつぎはぎが人を追いつめる力を持つように、嘘の積み重ねが人を護ることもある。

朱景の姉たちの嘘が、榴花公主の嘘が、朱景の命を繋いだのと同じだ。

「……お前は、俺を甘やかしすぎだろう」

苦笑い……、いや、あの皮肉の笑みを浮かべて、翔央の手が蓮珠の手の上に重なる。翔央の頬と手に挟まれた蓮珠の手が、伝わる温もりに同じ熱を帯びていく。

「お前は、どこまで俺を許してしまうんだろうな。……俺の本音は、俺の嘘と同じくらい、お前を苦しめるってのに」

蓮珠を試す目が近づき、額が触れる。

「それでも、俺は言いたい。……蓮珠、俺の宮妃はお前がいい。それが、官吏としてのお前を苦しめるとわかっていても、これを譲ることはできない」

瞼に翔央の唇が触れた。

官吏が宮妃になる。それも後ろ盾を持たない、すでに実家も故郷も失っている者を、外交の場にも出る宮妃にする。官吏としての蓮珠は、当然ありえないと叫んでいる。

それは、恐らく皇族としての翔央も同じなのだ。蓮珠の瞳の奥を覗き込む目の奥、弱々しい光が彼の苦しみを示す。あり得ないと思っていても、譲れないと言わずにはいられない想いがあるから。

自分たちは、最初の最初から国中を欺いてきた共犯者だ。そのくせ、二人でたくさんの嘘を暴き、国政の顔ぶれをこの半年で大きく変えてきた。失われた命がいくつもあった。この国を、民を護る。そう繰り返しながら、これからも自分たちの偽りは、きっと誰かを傷つける。それでも……。

「……譲らないで。この本音が、貴方を苦しめるとしても、わたしは、この想いだけは偽れないから」

蓮珠の視界が翔央でいっぱいになる。ずっとお互いの視界にその姿だけがあったなら、誰も傷つけることなく生きられるだろうか。そんなことを考え、そっと目を閉じた。

答えはわかっている。自分たち二人は、お互いだけしかいない世界に生きていない。蓮珠の手は今ここに居ない翠玉に、翔央の手も今ここに居ない叡明に繋がっている。どれほどの本音が胸の内をかき乱しても、繋がれた手を離すことは、お互いにできないのだ。

それでも、今だけは……、皇帝と皇后としてこの場にある今だけは、こうして触れ合うことが許される。誰の目も気にせず、誰に邪魔されることない。偽ることで許される触れ合いに、閉じた目の端から涙がこぼれた。

その涙が誤解される前に瞼を開け、翔央を見上げた蓮珠の視界に、なにかが映った。

「…………………ん？」

開けた窓から見覚えのある黒ずくめの衣装の端っこが見えた気がした。

「……蓮珠？」

翔央が蓮珠の逸れていく視線に、眉を寄せる。

ここで普通ならば、行動の選択肢は二つある。見なかったことにする、それがなにか確かめる。

だが、残念なことに、蓮珠は『遠慮がない、色気がない、可愛げがない』女官吏である。

そもそも後者しか頭に浮かばないのだ。

「……そこにいるのは、まさか……」

蓮珠の呟きに、黒い衣装が室内に転がり込む。

「よ、よかったわ、気づいてもらえて。お邪魔しちゃ悪いとわかってはいたんだけど、もうどうにも限界で……」

言って、小柄な黒衣装が膝を床に着く。

「威公主！」

これには、翔央も驚きの声を上げた。

「ちょ……なんでそんなによろよろなんですか？　どこか……」

怪我があるのかと、駆け寄りその身体を支え起こそうと手を伸ばすと、威公主が彼女にはありえないくらいぐったりと蓮珠にもたれかかった。

「は、早いとはいえ、船なんて乗るんじゃなかった……」

「え……？　まさか船酔い？」

蓮珠が言い、翔央が盛大なため息のあと、声を張り上げた。

「秋徳、急ぎ寝台を整えた部屋の用意を！」

お付きの太監ともなれば、扉の外に控えている。バタバタと人が動き出す音が扉越しに聞こえた。

「あ、ありがたいけど、まだ横になるわけには……うぷっ……」

蓮珠を支えによろよろと威公主が立ち上がる。

「……いったいどうしたんですか？　まさか、華国公主様と朱景殿に何か？」

蓮珠の懸念に彼女は小さく首を振った。

「二人は大丈夫。ハルに任せたから、絶対安全に威に入れるわ。……大丈夫じゃないのは、この国よ」

まだ残っていたお茶を茶器に入れて戻ってきた翔央が、威公主の視線の高さに身体を屈めて尋ねた。

「それは、どういう意味だ？」

茶器を受け取った威公主が、一気に茶を飲み干す。それで幾分復活したらしい、姿勢を